騎士学院に入学したイングリス、
初めての機甲鳥《フライギア》操縦を楽しむ。
「ひゃあぁぁぁっ!? ちょ、ちょっと速すぎない!? 結構こ、怖いんだけど……!?」
……！」
「思ってたよりはや～い！ あははははっ♪ 気持ちいい
英雄王、
武を極めるため転生す
そして、世界最強の見習い騎士♀
2
Author
ハヤケン
Illustrator
Nagu
JN035074

ラフィニア
（ラニ）
Rafinha
イングリスの幼馴染で侯爵家の娘。
魔印保有者として
騎士科に入学する。
学院生活と自己鍛錬を
楽しむイングリス、
個性豊かな同級生たちと
友好を深める。
イングリス
（クリス）
Inglis
遥か未来で美少女に転生した元英雄王。
魔印がないため、
従騎士科に入学する。

リーゼロッテ
Liselotte
国の宰相を務める公爵家の令嬢。騎士科。
レオンの妹であるレオーネに
厳しい態度を取る。
ラティ
Lahti
イングリスと同じ従騎士科の男子生徒。
機甲鳥の操縦は
イングリス以上の腕前。
プラム
Pullum
ラティにべったりな騎士科の女子生徒。
ラティに近づく女子には
鋭い目を光らせる。
レオーネ
Leone
裏切りの聖騎士レオンを
兄に持つ少女。騎士科。
イングリスたちと仲良くなり、
行動を共にする。

パーティーに
お呼ばれしたイングリス、
二人の天恵武姫と
お買い物に出かける……？
「久しぶりね」
「聞いたよー？
みんな大活躍だった
みたいじゃん」
エリス
Eris
天恵武姫と呼ばれる特級印の魔印武具。
普段は少女の姿だが、自らの意思で
武器化する事が出来る。
リップル
Ripple
エリスと同じ騎士団所属の天恵武姫。
少数民族の獣人種で
犬の耳と尻尾を持つ。

英雄王、武を極めるため転生す
～そして、世界最強の
見習い騎士♀～ 2

ハヤケン

HJ文庫
870

口絵・本文イラスト　Ｎａｇｕ

Eiyu-oh,
Bu wo Kiwameru tame
Tensei su.
Soshite, Sekai Saikyou no
Minarai Kisi "♀".

CONTENTS

第1章 ◆ 15歳のイングリス　カイラル王立騎士アカデミー　その1

王都の騎士学校こと、カイラル王立騎士アカデミーの入学式の日がやって来た。

「天上領《ハイランド》より機甲鳥《フライギア》の供給も始まり――これからは騎士の運用や戦術も大きく変わって来る。諸君らにはその最先端《せんたん》を行き、新たな時代を切り拓《ひら》く事を期待したい……！」

壇上《だんじょう》に立つ豪奢《ごうしゃ》な衣装とマントに身を包んだ金髪《きんぱつ》の美青年が、整列した新入生達《たち》に向け激励《げきれい》の言葉をかけてくれていた。

年齢《ねんれい》はラファエルより少し上くらいか。この人物がラファエルの上司であるウェイン王子だという事だ。

若く麗《うるわ》しい青年なので、周囲の女生徒達の熱視線を一身に浴びている。

氷漬《づ》けの虹の王《プリズマー》の輸送を発案したのだから、ただ見た目だけでなく、結構な切れ者である事も間違《まちが》いないだろう。

この騎士アカデミーの養成課程は基本は三年。成績優秀《ゆうしゅう》な者は飛び級も許されるとの事だ。

入学する生徒達は、基本的には貴族や騎士の子弟《してい》が多い。

稀《まれ》に平民出身の者もいるが、そういう者は大抵《たいてい》がいい魔印《ルーン》を持っている。

魔印《ルーン》に恵《めぐ》まれたが故《ゆえ》に、誰《だれ》かの後見を受けここにいるという具合だろう。

そして他国からの留学生も受け入れていると聞く。イングリス達の同年次にも何人かいると小耳に挟《はさ》んだ。

「わー。ウェイン王子って格好《かっこ》いいわね～」

「ダメだよラニ。勉強しに来たんだから、そんな事言ってちゃ」

「？　ちょっとぐらい、いいじゃない」

「ダメ。ラニにはまだ早いよ。ダメだからね」

「はーい。そこだけ口うるさいよねえ……クリスは」

「まあまあ、ウェイン王子は私も格好いいと思うわよ？　イングリスは思わないの？」

レオーネにそう聞かれた。

「思わない」

「じゃあ誰なら格好いいと思うの？」

「う、うーん……？」

そう聞かれても困るのだが――

　イングリスには、異性を見る目で男性を見る事はできないわけで。

「――この間の虹の王《プリズマー》かな。強そうだったから」

「人じゃないじゃない……！　何なのかしら、イングリスって信じられないくらい綺麗《きれい》なのに、そういう事全然興味ないのね？」

「うん。ないよ」

「勿体《もったい》ないよね。あたしがクリスの見た目だったら、もうめちゃくちゃ彼氏《かれし》とか作りまくって遊ぶのになぁ」

「あはは……できちゃいそうよね。大人っぽいし」

「ダメ。ダメだよ何を言ってるの、ラニ」

「そこだけはお母様っぽいのよね～」

「従騎士はお目付け役でもあるからね」

　そう言っているうちにウェイン王子のお言葉も終わり、進行役の教官が声を張り上げていた。

「それではウェイン殿下《でんか》より、我《わ》がアカデミーの校章を授与《じゅよ》頂く！　名前を呼ばれた者は登壇《とうだん》せよ！」

　ウェイン王子は、登壇して来た生徒一人一人に声をかけて行った。

直接声をかけて貰《もら》えるなど名誉《めいよ》な事だと、目を輝《かがや》かせている者が大勢いる。

王子は人心掌握《しょうあく》の方にも余念がないようだ。

「ラフィニア・ビルフォード！」

ラフィニアが名を呼ばれ、登壇した。

彼女《かのじょ》が聖騎士ラファエルの妹である事は周知の事実。

ゆえに新入生たちにちょっとしたざわめきが起こった。

「あの子が、あの聖騎士ラファエル様の妹か……！　結構可愛《かわい》いな」

「本人も上級印の魔印《ルーン》持ちなんだろ？　凄《すご》い兄妹《きょうだい》だなあ――」

「あの子と仲良くなれば、ラファエル様にもお会いできるかも……！」

そんな様子を見ながら、ウェイン王子は登壇してきたラフィニアに声をかける。

「やあ。君がラファエルの妹だな？　よく似ている。彼《かれ》にはいつも世話になっているよ」

「こ、こちらこそ兄がいつもお世話になっております――」

「ラファエルの妹ならば、私にとっても妹のようなものだ。困った事があったら何なりと言ってくれ。できるだけの事はしよう」

「ありがとうございます」

「ラファエルの妹という事で、君の周りは何かと騒《さわ》がしくなろうが――気にせず伸《の》び伸びとやってくれればいい。ラファエルもそれを望んでいるだろうから」

「はい、分かりました！」

ラフィニアに続いて――

「イングリス・ユークス！」

登壇するイングリスを包むのは、また別のざわめきである。

「すげえ……あんな綺麗な子はじめて見た」

「ああ、ホントだな――でも、魔印《ルーン》はなさそうだから従騎士科かな？」

「あれだけ可愛ければどこにでもお嫁《よめ》に行けるのに、物好きねえ」

ウェイン王子の前に出たイングリスは、丁寧《ていねい》にお辞儀《じぎ》をした。

「君は――ラフィニア嬢《じょう》の従兄妹《いとこ》だな？」

「はい、仰《おっしゃ》る通りです」

「君達のような従騎士の力を有効活用する事が、これからの戦いの在り方だ。魔印《ルーン》はなくとも、君達の活躍如何《かつやくいかん》で多くの者の道が拓かれる事になるだろう。そういう意味では、未来は君達にかかっている。しっかり励《はげ》んでくれ。それから、ラフィニア嬢をよろしくな。君がお目付け役なのだろう？」

イングリスとラフィニアでなくとも、貴族や騎士の子弟が、気心の知れた信頼《しんらい》できる人間を従騎士科に送り込む事は珍《めずら》しくはないようだ。

そういった従騎士は、主人のために機甲鳥《フライギア》を駆《か》る専属となるわけだ。

「はい。微力《びりょく》を尽《つ》くします」

イングリスがウェイン王子のもとを辞して少し経《た》ち——

「レオーネ・オルファー！」

そこで起こるざわめきは、ラフィニアの時とも、イングリスの時ともまた違《ちが》う。

「お、おいおい。オルファーってあの——？」

「裏切り者レオンの妹……!?」

「よくこんな所に来られたものね——！」

目の前に立つレオーネに、ウェイン王子が声をかける。

「すまぬ。レオーネ。この声の原因の一端《いったん》は我々にある。天上人《ハイランダー》の所業を声に出して糾弾《きゅうだん》できぬ我々の——」

「い、いえそんな……勿体ない。私が兄を捕《と》らえ、オルファーの汚名《おめい》を返上すればいいだけの事です」

「うむ——レオンはレオン。君は君だ。私は君を信じるよ。君の未来が輝かしいものであると祈《いの》っている。この声に負けず、精進《しょうじん》して欲《ほ》しい」

「はい……！」

そうして入学式は終了《しゅうりょう》し、早速《さっそく》授業が開始される事になった。

本来新入生たちは騎士科、従騎士科に分かれているのだが、分《わ》け隔《へだ》てなく全員がアカデミーの敷地内《しきちない》にある運動場に集められた。

そこには巨大《きょだい》な円盤状《えんばんじょう》の石の闘場が用意してあり、その中心に若い女性が一人、ポツンと立っていた。手には杖《つえ》の魔印武具《アーティファクト》らしきものを持っている。

ひらひらと可愛らしいデザインのローブに身を包んだ、亜麻色《あまいろ》の髪《かみ》の美人である。

小さな丸眼鏡《めがね》に、にこにことした表情が印象的だ。

「みなさんこんにちは～。私が校長のミリエラで～す。よろしくお願いしますねっ」

そういえば、校長は先程《さきほど》の式にはいなかった。

まさかこんな若い女性とは――しかも、このふんわり軽い雰囲気《ふんいき》である。

ただ、そのミリエラ校長の手に輝く魔印《ルーン》は特級印だった。

聖騎士になれる者の証《あかし》――つまり、只者《ただもの》ではないという事だ。

「では面倒《めんどう》な前置きはナシにして、オリエンテーションを開始しますねっ！　このアカデミーの授業内容を紹介《しょうかい》していきますから。まずは全員で準備運動です。はい全員、リングに上がっちゃって下さーい。あ、騎士科の子は魔印武具《アーティファクト》は持って上がっちゃダメですよ～」

ミリエラ校長が、生徒達にそう呼びかける。

「……いいね。面白《おもしろ》そう」

イングリスは軽くリング上に飛び上がるが――


――ガクン！


「⁉　なっ……⁉」

体が鉛《なまり》のように重く感じ、思わず着地が乱れ、たたらを踏《ふ》んだ。

「ぐおおおぉぉ……お、重い……！」

「た、立てん……！」

「動けん――！」

周りを見ると、皆膝《みなひざ》を突《つ》いて、動けなくなっている者も続出している。

「魔印武具《アーティファクト》の生み出す高重力負荷《ふか》です。これがこのアカデミーの戦技訓練の基本ですから、慣れて下さいね～。私達の生徒が戦場で散るなんて悲しいですから、誰一人《だれひとり》そうならないよう、も～これでもかってくらいに鍛《きた》えて鍛えて鍛えまくってあげますからねっ♪」

それを聞いた新入生たちは、これはまずい所に来たのでは――と思った様子だが、イン

グリスとしては大歓迎《だいかんげい》である。

特にこの体を重くする魔素《マナ》の働きは素晴《すば》らしい。

ミリエラ校長の持つ杖の魔印武具《アーティファクト》の力だろうか。

これを自分でできるようになれば、魔素《マナ》の制御《せいぎょ》の訓練と身体的に鍛える訓練を同時に積めるという一石二鳥が期待できるではないか。

「おおすごい……！　いい学校だ――――！」

これは是非《ぜひ》やり方を覚えたい――――！

イングリスは早速、自分を取り巻く魔素《マナ》の配置や流れのパターンの解析《かいせき》に夢中になっていた。

「きゃあああぁぁっ！　何これ重いぃぃっ!?」

ラフィニアは立っているのがやっとという感じである。

「魔印武具《アーティファクト》なしでこれはきついわね……！　いい訓練だけど！」

レオーネはもう少しだけ余裕《よゆう》がありそうだった。

「うんいいよね、これ。こういう訓練方法もあるんだね」

「けどずっとこれやってたら、今よりもっと足が太くなっちゃいそうよね……！」

レオーネは下半身の肉付きがしっかりしている事を気にしているらしい。

沢山《たくさん》、剣《けん》を振《ふ》ったらそうなってしまったとは本人の弁である。

「さぁ行きますよぉ――！　そぉれっ！」

ミリエラ校長がパチンと指を弾《はじ》くと、その周りのリングにボコッと人形《ひとがた》の穴が開き、それがまるで生きているかのように立ち上がった。

「ロックゴーレムか――」

――あれもあの杖の魔印武具《アーティファクト》の力？

それとも何か別の魔印武具《アーティファクト》を持っているのか。

分からないが、人の倍ほどある巨体《きよたい》を生み出すのは、かなりの力だろう。

二つの魔印武具《アーティファクト》の奇蹟《ギフト》を同時に使いこなしているとは、流石《さすが》は特級印の持ち主である。

是非一度、手合わせしてみたいものだ。あわよくば今、させて貰えるだろうか？

「はーい。この三体のロックゴーレムが鬼《おに》ですよ。制限時間は今から十分間、それまでリングから落とされずに生き残れた人には――学生食堂の利用を一ヶ月《かげつ》無料にする優待券をプレゼントしちゃいますっ♪　頑張《がんば》って生き残って下さいね！」

校長からの素晴らしい申し出である。

「おおやった……！　それは助かるね」

「絶対生き残らなきゃ……！　でも重いぃぃぃぃっ！」

人の何倍も食べるイングリスとラフィニアには、人の何倍も嬉《うれ》しい賞品である。

「大丈夫《だいじょうぶ》だよ、ラニ。三体しかいないんだから――」

――倒《たお》してしまえば、それで終わりだ。

「それではいきますよっ！　よーい――ど……」

「はあぁぁっ！」

開始と同時、イングリスはロックゴーレムに突っ込み上段蹴《げ》りを叩《たた》きこんでいた。

その一撃《いちげき》で吹《ふ》っ飛《と》んだロックゴーレムは、場外に落ちて割れて動かなくなる。

「んんーーっ⁉」

と校長が驚《おどろ》く間に――

「でぇい！　それぇぇえっ！」

更《さら》に拳《こぶし》で一体、投げで一体を場外に放《ほう》り出《だ》した。

体は重いが、だからと言ってこの位できないわけではない。

丁度いい負荷がかかって、訓練としては程よい感じだ。

「よし――」

これで一ヶ月はお金を気にせず、好きなだけ食べる事ができそうだ。

「やった！　これで一ヶ月食べ放題っ♪」

「凄いわ、イングリス……！　さすがね！」

ラフィニアやレオーネは喜んでいるが、他の者は状況《じようきよう》が良く分からなかったようで、ポカンとしていた。

「え、えーと……？」

「鬼が場外って事は――？」

「全員セーフって事よね？　やったわ！」

「一ヶ月好きなだけ食べられるわっ！」

全員一ヶ月食べ放題はマズいと思ったのか、校長はタラッと冷《ひ》や汗《あせ》をかき――

「……という具合に、鬼が場外になってもセーフですからね～。今のはデモンストレーションですからね～」

と、誤魔化《ごまか》した。

「校長先生。それはずるいのでは……」

「ごめんなさいごめんなさいごめんなさいっ！　手違《てちが》いなんですっ！　もう一回お願いします……！」

「……」

そんなに拝《おが》み倒されては仕方がない。

まあ、また倒せばいいのだ。こちらの訓練にもなる。

「あっれぇ……？　おかしいなあ、何かミスったんですかね――いやいやそんなはずは」

ミリエラ校長は首を捻《ひね》って――ひとしきりぶつぶつと呟《つぶや》いた後、再びロックゴーレムを立ち上がらせた。そして――

「はいそれでは改めまして――よーいどんっ！」

「はあぁぁっ！」


ドゴォ！　ドゴォッ！　ドゴオォォンッ！


掌打《しょうだ》三連発で、場外に吹っ飛ばされるゴーレム達。

「……」

校長が再び笑顔《えがお》のまま固まった。

「……うふふふっ！　今のもデモンストレーションですからね～。大事な事なので二回言いましたってやつですよ～？」

「校長先生！　さすがにそれは……！」

「しーっ！」

と、ミリエラ校長が側《そば》に駆け寄《よ》ってきて声を潜《ひそ》める。

「こ、交渉《こうしょう》しましょう……？　三ヶ月分出しますから、最後までゴーレムを場外にするのは止《や》めてくれませんか？　途中《とちゅう》でわざと場外になって頂いても構いませんし――」

「……それを三人分用意して下さるのなら、構いませんが」

「分かりました、それで手を打ちましょう」

「あと、わたしへの負荷をもっと重くできませんか？」

本当に動くのが困難なくらいに負荷を上げて貰えると、いい訓練になるのだが。

「ええ……？　うーん――全体に一律にかけていますから、一人だけ重くというのは無理ですね。どうしてもというなら、授業外の居残り訓練という事になりますが――」

「是非お願いします」

「――なら二ヶ月を三人分にしちゃいますが？」

「了解《りょうかい》です」

というわけで交渉が成立した。

たっぷりとこの高重力を生む魔素《マナ》の作用を研究し、自分で使えるようになろう。それがこの学校での初めの目標となりそうだ。

「それでは再度改めて本番スタート！」

新たに生まれた三体のロックゴーレムが、生徒達を追いかけ回し始める。

高重力のリングで動きの鈍《にぶ》い生徒達を次々と捕《つか》まえ、場外に放り出して行く。

あっという間に時間は過ぎ――

「はーい、あと90秒でーす！　残りは六人ですね、頑張ってくださーい！」

ミリエラ校長の応援《おうえん》が響《ひび》く。

ここまで生き残った六人のうち、三人はイングリス、ラフィニア、レオーネだ。

ロックゴーレムはイングリスを完全に無視していたので、見ているだけだった。

イングリスは自分たちの他に生き残っている生徒たちに注視して行く。

自分たち以外の三人のうち、二人が騎士科、一人が従騎士科の人間のようだった。

意外と従騎士科の人間も健闘《けんとう》しているようだ。

まずは、騎士科の少女と従騎士科の少年の組み合わせ――

「おいプラム！　お前鈍臭《どんくさ》いんだから、しっかり俺《おれ》の陰《かげ》に隠《かく》れてろよ！」

「はいラティ。でも大丈夫ですか？　膝《ひざ》ががくがくしていますけれど――？」

「大丈夫だ、下らねえ事気にしてんじゃねえっ！」

「わわわわ……！　き、来ましたっ！　あっち行ってぇ！」

「だー!?　押《お》すなお前っ！　さっきから邪魔《じゃま》ばっかしやがって……！」

「ご、ごめんなさぁい――」

と、騒がしいが騎士科の少女プラムが従騎士科の少年ラティを突《つ》き飛ばしたおかげで、実は上手《うま》い具合にゴーレムの狙《ねら》いをかわす事ができていた。

あのプラムの振る舞《ま》いは確信犯なのだろうか？

だとしたらなかなかの実力者のように思える。

「さぁ来なさい！　このリーゼロッテ・アールシアの首、そう簡単に取れるとは思わない事ですわ！」

そして、如何《いか》にも貴族の娘《むすめ》という口調の騎士科の少女。

明るい色の金髪がふわりと巻き毛なのも、お嬢様《じょうさま》然とした雰囲気に一役買っているだろう。

かなりの美人なのだが、少々近寄りがたい感じもする。

先程までお付きの者らしき生徒たちが彼女を守っていたが、すでに脱落《だつらく》したところだ。

お付きがいないと何もできないのかと思いきや、彼女自身の身のこなしはしっかりしている。

それに、わざわざリングの端《はし》に陣取《じんど》っており、あわよくばゴーレムを叩き落《お》としてやろうという意図も感じる。

ただのお嬢様――というわけではなさそうだ。

「あと60秒でーす！　さぁここでラストの追い込み！　重力負荷アップでーす！」

がくん！　と更に体が重くなる。

「わ……！　いい感じ――」

「ああんもうダメ……ッ！」

と、イングリスは喜んだが、ラフィニア達は悲鳴を上げていた。

「うう……っ！　う、動けない……！」

ラフィニアもレオーネも魔印武具《アーティファクト》さえ持っていれば別だっただろうが、更に増した高重力には抗《あらが》いきれなかったようだ。

「きゃあああぁっ!?」

「うわあぁっ!?」

とうとうゴーレムに捕まり、リング外に放り出された。

「さぁラスト四人ですねっ！」

他の者もこの上がった重力負荷には耐《た》えられず、次々捕まって行った。

「ぎゃあああっ!?」

「だ、だいじょうぶですかラティ――きゃあああぁっ!?」

「ぐおおぉぉっ⁉　重い重い重い死ぬぅぅぅっ！　助けてぇぇぇ……！」

プラムのお尻《しり》に敷《し》かれたラティがむしろ救助されるような形で、ゴーレムが彼等《かれら》を外に放り出した。

「こ……このっ！　わたくしに触《ふ》れるんじゃありませんわ――――！」

リーゼロッテもジタバタと暴れるが、捕まってしまってはもうどうしようもない。

「はいラスト一人ですっ！」

そして残りは一名。イングリスのみである。

「あ、さっきの従騎士科の子だ……！」

「やっぱ最後まで生き残ってるんだな――」

「じゃあさっきのあれは、手違いじゃなかったって事かしら……」

観衆がざわざわと、イングリスに注目していた。

だがそれ以上に――

「「「それにしても綺麗だなぁ」」」

男女問わず、うっとりとイングリスを見つめるのだ。

「……」

客観的に見ても、容姿で注目を浴びるのは仕方がない面があるとは思う。

ラフィニアや親しい人に喜んでもらうのはいいし、鏡に映る自分自身を眺《なが》めるのは今でも好きでよくやっているのだが――

やはり不特定多数からのこういう注目を浴びるのは少々苦手かも知れない。

前世では国王として臣下や国民の注目を一身に浴びる身だったが、それとはまた別の注目なのである。

もう終わらせてしまおう――とミリエラ校長を見ると、こくりと頷《うなず》いていた。

ではやらせて貰おう。

イングリスは前に出て、分散していた三体のゴーレムのちょうど中間に位置取った。

ゴーレムが一斉《いっせい》にイングリスに突進《とっしん》してくる。

「はっ！」

突進を真上に飛び上がって避《さ》ける。

普通《ふつう》立っていられないような高負荷《こうふか》の中、ゴーレムの頭上まで簡単に飛び上がった。

高重力の負荷はかかっているが、逆に心地《ここち》のよい重みだ。

目標を見失ったゴーレム達は、互《たが》いに衝突《しょうとつ》してその場に仰《の》け反《ぞ》る。

その真ん中に、丁度イングリスが着地する。

「終わりですっ！」

しなやかな脚《あし》による蹴《け》りが弧《こ》を描《えが》き、ゴーレムたちを一撃で蹴り飛ばした。

ゴーレムたちは嘘《うそ》のように吹き飛び、リングの大分外側に落ちていた。

近くには生徒達がいるので、誰もいない遠目の所に飛ばしたのだ。

見ていた生徒達から、おおおおっ！　と驚愕《きょうがく》のどよめきが起きていた。

「しゅ、終了～！　では、優待券はイングリスさんにプレゼントですねっ！　さぁ次は機甲鳥《フライギア》の飛行体験に行きますよ～！　機甲鳥《フライギア》ドックに向かいましょうね～！」


ぱちぱちぱちぱちぱち！


イングリスは拍手《はくしゅ》と歓声《かんせい》に包まれながらリングを降りた。

そこにミリエラ校長が駆け寄って来る。

「校長先生。先程の約束は――」

「勿論《もちろん》です。あとで校長室に来て下さいね。それにしてもイングリスさん、あなたひょっとして天恵武姫《ハイラル・メナス》だったりしませんよねえ？」

「まさか」

「……ですよねえ？　雰囲気は違いますし――うーん興味深いっ！　もしよかったら色々

話を聞かせて下さいね！」

校長がキラキラとした目で、イングリスを見つめてくる。

「は、はあ……構いませんが」

何だか怪《あや》しげなものも感じなくはないが、とりあえず頷くだけ頷いておいた。

◆◇◆

その後――

「はーい。では皆《みな》さん、これから機甲鳥《フライギア》ドックに移動しますよ～。ある意味このアカデミーの目玉でもありますから、しっかり見学しましょうね♪」

と、ミリエラ校長が号令すると、狙いすましたかのようなタイミングで低い振動音《しんどうおん》と共に複数の機影《きえい》が空から降りてくる。

機甲親鳥《フライギアポート》である。

翼《つばさ》の生えた丸い船体の周囲に機甲鳥《フライギア》を格納するための穴がざっと見て十近く開いている。

ここに機甲鳥《フライギア》を収める事により、動力の補充《ほじゆう》も可能となる。

搭載《とうさい》人数としては、機甲鳥《フライギア》で三～四人、機甲親鳥《フライギアポート》が三十～四十人といったところ。機甲鳥《フライギア》の母艦《ぼかん》とも言えるものだ。

それぞれ一人、教官が乗り込んで動かしている。

「さぁ乗ってください。ちょっと距離《きょり》がありますからね～。これで移動しましょ～」

生徒たちが興奮気味に、機甲親鳥《フライギアポート》に乗り込んでいく。

まだまだ全国的には普及《ふきゅう》していない代物《しろもの》である。

初めて乗る者も多いのだろう。

イングリスは先日王都まで機甲親鳥《フライギアポート》に乗せて貰ったので、乗るのは二度目だ。

だがやはり少々興奮する。これに乗るのは好きだ。

空飛ぶ乗り物など前世ではお目にかかった事のない代物なので、その乗り心地はまだまだ新鮮《しんせん》なのだ。

「ん～！　風が気持ちいい！　空を飛ぶのっていいわよね」

ラフィニアもご機嫌《きげん》だった。イングリスも微笑《びしょう》してそうだね、と頷く。

「現状、私達地上側で保有する飛行戦力としては、この機甲親鳥《フライギアポート》が最大のものになりますね。天上人《ハイランダー》の皆さんが使っているような空飛ぶ戦艦《せんかん》は下賜《かし》されていませんから」

と、ミリエラ校長が解説している。

「今後、そういった物も手に入るようになるんですか？」

レオーネが質問していた。

「う〜んもちろん欲しいですが、難しいんじゃないですかねぇ？　機甲鳥《フライギア》と機甲親鳥《フライギアポート》も随《ずい》分《ぶん》長い事交渉してきた成果ですし。我々としてはそれは期待せず、機甲鳥《フライギア》と機甲親鳥《フライギアポート》の運用戦術を極《きわ》めるのが第一ですね」

天上人《ハイランダー》側としても、急に色々な力を下賜し過ぎると、それが自分達に牙《きば》を剥《む》く恐《おそ》れもある。

新しい武器や装備の解禁には慎重《しんちょう》な姿勢を取らざるを得ないだろう。

生徒たちを乗せた機甲親鳥《フライギアポート》は、街の上空を横切り、王都に隣接《りんせつ》している大きな湖の方に向かっていく。

このボルト湖は外洋まで続く河に繋《つな》がっており、大きな港も存在している。

豊富な水産物に水運上の利便性。ここが王都になるのも頷ける話だ。

「アカデミーの本舎からの道筋は覚えておいて下さいね〜！　今日はサービスで送ってあげますけど、訓練を兼《か》ねて走って行って貰う事の方が多いですからね〜」

ええっ⁉　とか、遠い！　などと悲鳴が上がる中、機甲親鳥《フライギアポート》は港からはやや離《はな》れた湖畔《こはん》にある機甲鳥《フライギア》ドックに到着《とうちゃく》した。

なぜこのような離れた場所にあるのかというと、機甲鳥《フライギア》の訓練で何か事故があった場合の被害《ひがい》を自他共に最小にするためだ。

水上ならば例えば機甲鳥《フライギア》から落ちたとしても、危険度がまだ低い。

アカデミー自体は機甲鳥《フライギア》導入以前から存在しているのだから、本舎と離れているのもやむを得ない。

大きな工廠のような建物の中に足を踏み入《い》れると――機甲親鳥《フライギアポート》とそこに収められた機甲鳥《フライギア》が満載《まんさい》されていた。

「おぉすごい……！」

「わ～！　なんかワクワクする眺めよね！」

「凄いわね。さすが王都のアカデミーだわ。最先端よね――」

圧倒《あっとう》される新入生たちにミリエラ校長が呼びかける。

「大体三、四人に一台は機甲鳥《フライギア》がありますからね～。三、四人で組みになって一台機甲鳥《フライギア》を出してみて下さい～！　操縦桿《そうじゅうかん》の下側の起動レバーを切《き》り替《か》えてから機甲親鳥《フライギアポート》から引《ひ》き抜《ぬ》いて下さい～」

イングリスはラフィニアとレオーネと共に機甲鳥《フライギア》に向かう。

起動レバーを切り替えると、ブゥゥンと低い振動音がして、機甲鳥《フライギア》に灯《ひ》がともる。

「まだ操縦桿には触《さわ》らずに、そのまま押して外まで持って行って下さいね～。起動放置状態で少し浮《う》きますから、そのまま押せるはずでーす」

確かに校長の言う通り、起動して機甲親鳥《フライギアポート》から引き抜くと、機甲鳥《フライギア》は少しだけ浮いてふわふわと揺《ゆ》れていた。

「確かに軽く押せるね」

「ふわふわしてて面白いわね」

「ほんとね」

言い合いながら機甲鳥《フライギア》を外に出し――

「外に出たら乗ってみて下さ～い！」

校長の許可が下りる。

「よし！　うわ機甲親鳥《フライギアポート》より大分揺れるね」

「ホントだ、確かにそうね」

「あっちは大きくて安定してるものね」

他の生徒達《たち》もイングリスたちと同じように、わいわいと機甲鳥《フライギア》に乗り込んでいる。

「はーい、ではではこれからゆっくり動かしてみますよぉ～。一人は操縦桿を握《にぎ》ってくださいね～。他の人達は落ちないようにちゃんと掴《つか》まってて下さいね～」

イングリスはラフィニアとレオーネに尋《たず》ねる。

「まずわたしがやってみていい？」

「いいわよ。クリスは従騎士《きし》科だもんね」

「がんばって、イングリス！」

「うん。ありがとう」

そう応じて、イングリスは操縦桿を握る。

これはこれで、戦いの前の時のようにワクワクしてくるではないか。

「まずはゆっくり、上昇《じようしよう》しながら湖上に向かいますよ～。操縦方法は前面パネルに張ってありますからよく見て下さいね～！　操縦桿を後ろに引っ張りつつ、ゆっくりアクセルを入れるんですよ～。アクセルは操縦桿の下の右側のペダルでーす」

確かに校長の言う通りの事を解説するような図が、前面に張ってある。

イングリスはそれも確認《かくにん》しつつ、ゆっくりと機甲鳥《フライギア》を上昇させて湖上へ進んだ。

「おお――いける、いけるね……！」

これだけで何か興奮してくる。

まるで初めて馬に乗れた時のような、新鮮な感動である。

「わあぁ～気持ちいい！」

「そうね。景色も綺麗だし――」

レオーネの言う通り、湖の真っ青な水を眼下にした景色もいい。気持ちが昂《たかぶ》って来る。

「慣れてきたら、少しスピード上げてもいいですよ～！　衝突しないように、方向転換《てんかん》はゆっくり大きくして下さいね～！」

それを聞くと、ラフィニアが目を輝かせる。

「クリス、クリス！　全速力行こ全速力！」

「ええ……!?　だ、大丈夫なのかしら――」

レオーネは少々不安そうだったが――イングリスの目もキラリと輝いていた。

「しっかり掴まってて。飛ばすから」

アクセルペダルを強く踏み込んだ。


ブイイイイイン！


機甲鳥《フライギア》の発する音がより大きく高くなり、急激に加速した！

景色の滑《すべ》って行く速度、風切り音、風圧。全《すべ》てが先程までとは別次元だ。

「おおっ――！　なかなか速いね……！」

「思ってたよりはや～い！　あははは っ♪　気持ちいいわね！」

「ひゃあぁぁぁっ⁉　ちょ、ちょっと速すぎない⁉　結構こ、怖《こわ》いんだけど……⁉」

「でも、これに乗って魔石獣《ませきじゅう》と戦うんだよ？　早く慣れなきゃ」

「そうそう、習うより慣れろよ！」

「そんな事言ってもおぉぉぉっ⁉　わ！　わ！　目の前に商船がいるわよっ⁉」

「大丈夫だよ大分距離あるから。ちゃんと旋回《せんかい》して――」

と、速度を落としつつ、宣言通りの操作をイングリスは行おうとするが――

その視界に入っていた商船に異変が起こる。

船体が大きく傾《かたむ》いたのだ。

それは商船自体の不良のせいなどではなく――商船の真下に潜《もぐ》り込んだ大きな影《かげ》のせいだった。

それが下から、商船を突き上《あ》げたのだ。

「わっ⁉　あの船沈《しず》みそうよ⁉」

ラフィニアが声を上げる。

「下に何かいるみたい……⁉」

「あれは――⁉」

と、今度はそれが、水面に顔を出して商船の横腹に食いついた。

それは——

「魔石獣⁉」

海や湖にも虹の雨《プリズムフロウ》は降る。

水中の生き物が魔石獣化してしまう事も勿論《もちろん》ある。

「魚の魔石獣ね！」

「ま、まずいわよあれ……！　このままじゃ！」

「助けよう！　突っ込むね！」

「そうね、あたし達が一番近いんだし！」

「わ、分かったわ！」

それにはレオーネも反対せず、全会一致《いっち》で突撃《とつげき》が決定した。

全速力で突っ込みつつ、戦いやすいように高度を下げる。

水面が近くなると、機甲鳥《フライギア》は水面に轍《てつ》を残すように、盛大に水を巻き上げる。

水柱を上げながら、そのまま突進。

「よぉし、あたしがやってみるわね！」

「うん、ラニ！」

船影《せんえい》が近づくと、ラフィニアが愛用の弓の魔印武具《アーティファクト》である光の雨《シャイニーフロウ》を引き絞《しぼ》って放つ。

生み出された光の矢が魔石獣を襲《おそ》うが――

気配を察知したか、魔石獣は水中に潜ってしまう。

湖水に阻《はば》まれ、ラフィニアの放った光の矢は消失してしまう。

「あっ水中に逃《に》げたわ！」

「レオーネ。剣《けん》なら水中に届くよ！」

「ええ、任せて！」

レオーネが魔印武具《アーティファクト》の黒い大剣を抜き、水中に刃《は》を向ける。

「行けっ！」

グングンと刃が伸《の》びて水中に侵入《しんにゅう》。大きな魔石獣の影を捕《と》らえた。

「よし――当たったわ！」

が、その瞬間《しゅんかん》機甲鳥《フライギア》の船体が大きく揺れる。

剣が突き刺《さ》さり身をよじった魔石獣の動きがそのまま伝わったのだ。

「きゃっ⁉　う、うう……！　お、重いわ……！」

「手伝うね。ラニ、操縦桿お願い」

「うん、クリス！」

「イングリス、お、お願い――！」

イングリスはレオーネに手を貸して、一緒《いっしょ》に黒い大剣の魔印武具《アーティファクト》を握る。

「行くよ。せーの！」

「えぇえぇえぃっ！」

二人で力任せに、魔石獣を水中から引きずり出すように剣を振り上げた。


ばしゃあぁぁん！


魔石獣が水面に打ち上げられる――

が、剣からはすっぽ抜けて高く舞い上がってしまった。

「あ……！　抜けちゃった！」

「大丈夫！」

イングリスは機甲鳥《フライギア》から軽い身のこなしで飛び降りた。

そしてそのまま、沈まずに水面を駆《か》け始める。

水上走行だ。日頃《ひごろ》の訓練の成果である。

足が沈む前に小刻みに上げ続ければそれほど難しくない――


「任せて」

と、イングリスは思っている。

「えええぇぇっ⁉　ちょっと水の上走ってるわよ⁉　何あれ⁉」

「まぁクリスだからねぇ」

驚くレオーネとちょっと自慢気《じまんげ》なラフィニアに見守られつつ、イングリスは魚の魔石獣の落下点に回り込む。

「はあああぁっ！」

思い切り蹴り上げ、再び魔石獣の身体が上空に。

イングリスは更にその落下点に回り込み、また蹴り上げる。

「もう一回！　もう一回！　もう一回！」

と蹴り上げ続《つづ》け――とうとう魔石獣は湖畔に打ち上げられていた。

「誰《だれ》か、誰か魔石獣にとどめを刺してください」

「あ、はい――」

ポカンとしながらミリエラ校長が引き受けてくれた。

「何だか恐ろしいものを見ちゃった気がしますが、良くやってくれました――」

「そうですね。水に潜む魔石獣は存在が掴みにくいですから、恐ろしいですね」

「いやそうじゃないんですが……まあいいです。凄《すご》い生徒が来てくれた事は、素直《すなお》に嬉しいですから。とにかくイングリスさん達の活躍《かつやく》は、ちゃんと先方に伝えておきますね」

その後はもう暫《しばら》く機甲鳥《フライギア》の飛行体験を続け、本舎に戻《もど》って施設《しせつ》を見学してから解散となった。

なかなか楽しめそうな所だな、というのがイングリスの初日の感想である。

きゃっきゃっ。
うふふふっ。
あはははっ。

そんな若い女の子たちの声で、周りは賑《にぎ》やかだった。
イングリスはそんな周囲の様子を見て、ちょっとした罪悪感を感じていた。
——何故《なぜ》なら、みんな裸《はだか》だから。
「目のやり場に困るな……」
お湯につかりながら、秘《ひそ》かに呟く。
アカデミーの生徒の三、四割は女性であり、数は多い。
そしてここは女子寮《じょしりょう》の大浴場。
ノーヴァの城の大浴場ほど豪華《ごうか》ではないが、広くて綺麗《きれい》だ。

それはいいがやはり利用者が多く、とにかくどこを見ても女の子の裸が――

ラフィニアにはまだ親族だから、孫のようなものだから、という気持ちが働くのでいいのだが、他《ほか》の女の子の場合はどうしても邪《よこしま》な感覚が混じる。

なので、それが逆に罪悪感を生む。

見てはいけないと思いつつも、どうしても見てしまう。

そんなイングリスの様子を、胸の谷間に挟《はさ》まってお湯につかっているリンちゃんが不思議そうに見上げていた。

「リンちゃんは楽しそうだね――」

リンちゃんはイングリスの胸の谷間に入り込んで、大人しく周囲の様子を眺めていたのだ。

女の子に甘《あま》えるのが好きなようなので、好みの子を探していたのかもしれない。

どうもラファエルには懐《なつ》かず、レオーネやリップルには懐いていたので、そういう傾向《けいこう》なのは確かだ。

そこから推測するに、実は元のセイリーン様は女性が好きな女性だったのかも知れない
――そうラフィニアが大胆《だいたん》予測していた。

魔石獣になってしまった事により、理性が薄《うす》れて欲望に正直な行動を取るようになって

いるのだ——とか。

違《ちが》っていたらいい迷惑《めいわく》だろう。

が、リンちゃんは何も言えないので確かめる事はできない。

いつか、セイリーン様を元に戻す事ができる日が来たら、明らかになるだろう。

霊素《エーテル》の技術で何とかなるならば、可能性を追求すべきだと思う。

血鉄鎖《けってつさ》旅団の黒仮面も魔石獣を元には戻せないと言っていた。

つまりそれができれば、霊素《エーテル》の技で彼《かれ》を超《こ》えた証明になる。

彼の言葉を信じるならば、という条件付きだが。

「どうしたの？　イングリス。ラフィニアを取られて寂《さび》しいの？」

と、レオーネが歩いて近づいてくる。

温まってほんのり桜色に上気した肌《はだ》に、イングリスと同じくらいに豊かな胸。

少々肉付きのいい、丸みのある腰回《こしまわ》りや太股《ふともも》などは、実はこの位の方が男性にとっては扇情的《せんじょうてき》だったりするのだが——

それを今のイングリスが言ってもまるで説得力を持たないので、無論言わないでおく。

ただ、つい見てしまうのだが。

これを役得と割り切って、楽しめるようになればいいのかもしれないが。

「う、ううん……そんな事ないよ」

ラフィニアは今、話しかけて来た別の生徒達とにこやかに談笑《だんしょう》中だった。

聖騎士ラファエルの妹である彼女《かのじょ》は注目の的であり、本人も愛想《あいそ》のいい明るい性格をしている。

話しかけられてもにこやかに応じるので、ますます輪ができ、盛り上がっている。

ラフィニアに人望があるのはいい事だ。

イングリスとしては気分よくそれを見守ろうと思う。

ただし、悪い虫は排除《はいじょ》するが。

ここは女の子ばかりなので、安全地帯だ。好きにさせておいて構わない。

「人気者ね……ちょっと羨《うらや》ましいかな」

レオーネの境遇《きょうぐう》を考えれば、そのため息の意味は分かる。

ラフィニアとレオーネは、自分とは関係のない要因で正反対の状況《じょうきょう》に置かれている。

「大丈夫《だいじょうぶ》だよ、レオーネ。リンちゃんはレオーネの事好きみたいだよ」

リンちゃんはイングリスの所からレオーネの胸の谷間に移ろうとしていた。

「あはは。この子、ここが好きよねえ」

「そうだね」

「私達の間を行ったり来たりするけど、何か違うのかしら？」

「さあ？　リンちゃん喋《しゃべ》らないから」

「どれどれ、あたしが確かめてあげましょう！」

にゅっとラフィニアの顔がイングリスとレオーネの間に割り込んで来た。

「わっ⁉　ら、ラニ……！　ひゃあぁっ⁉　だ、ダメだってもう……！」

「い、いつの間に……やだちょっと、どこを……！」

ラフィニアは二人を抱《だ》きかかえるようにして、胸をむにむにと――

「――クリスはもちもちっとして柔《やわ》らかくて、レオーネはきゅっと引き締《し》まってる感じかなぁ？　はぁ～二人ともおっきくていいなぁ……」

「は、離して……！」

「も、もういいでしょ……！」

「ん～？　よし、あがってお風呂《ふろ》後のデザート食べに行こうか？」

アカデミーの食堂はかなり夜遅《よるおそ》くまでやってくれているので、まだ開いている。

「うん行こう行こう。だから離してね」

「ま、まだ食べるの……？　さっき食後のデザートって凄い食べてたじゃない」

「あたし達ならまだいけるわ……！　せっかくタダだし食べなきゃ損だしね？」

「わ、私はもう無理だから、先に部屋に戻るわね？　食べ過ぎたら太っちゃうし……」

という事でイングリスとラフィニアは食堂に寄ってデザートを堪能《たんのう》し、それから寮《りょう》に戻った。そうすると、自分達の部屋がある三階の東側の廊下《ろうか》が騒《さわ》がしかった。

「ですから、わたくしはこんな部屋にはいられないと言っています！　国を裏切った聖騎士の肉親など、信用しかねますわ！　いつ寝首《ねくび》をかかれるかも分からない状況に耐え続けろとおっしゃるのですか!?　そもそも何故《なぜ》この方の入学が許されたのかが疑問です！」

「いや、それはですねぇ……こちらとしては、彼女自身には問題はないと判断したという事なんですが――」

金髪《きんぱつ》の少女が、ミリエラ校長に食ってかかっていた。

「その御判断《ごはんだん》に疑問があると申し上げています！」

高重力下での訓練で活躍していた、リーゼロッテという少女だ。

手の魔印《ルーン》を見る限り、彼女も上級印の持ち主のようだ。

イングリス達の同学年に特級印の持ち主はいないようなので、イングリスを除けば上級印を持つ彼女たちが最精鋭と言えるだろう。

彼女が問題にしているのは、レオーネの事らしい。

近くに俯《うつむ》いたレオーネが立っている。

女子寮の部屋は二人で一部屋になっており、イングリスとラフィニアは同室だった。

そしてレオーネとこのリーゼロッテが同室になったらしい。

それに異議がある——という事のようだ。

「せめて部屋だけでも変えて下さらない事には、やっていられませんわ」

「はぁ……仕方ありませんね。ええと——誰か替わってくれる人は……？」

と、ミリエラ校長が何事かと集まっていた生徒達を見回す。

しかし皆が、首を横に振《ふ》るか、もしくは俯いて目を合わさないようにしていた。

——誰もレオーネと同室でいい、という生徒はいないらしい。

レオーネが元聖騎士レオンの妹だという事は、既《すで》に広まってしまっている様子だ。

「はい！　じゃああたし達の部屋に来て！」

そこで手を上げるのは言わずもがなのラフィニアである。

当然ラフィニアならそうするだろう、とイングリスも思っていた。

自分の正しいと思った事を周囲に流されず貫《つらぬ》こうとするところが、ラファエルとラフィニアの兄妹《きょうだい》が一番似ている点であり、一番の美点でもある。

「みんなひどい！　レオーネはアールメンの街の人のために、一人で魔石獣と戦ってたのよ！　誰も褒《ほ》めてくれないのに！　そんな子が悪い子なわけないでしょ！」

「ラニ。気持ちは分かるけど、落ち着いて」

ラフィニアは噛《か》みつきそうなくらい怒《いか》り心頭の様子だ。

イングリスはラフィニアの肩《かた》に手を置いてなだめておく。

腹立たしいが見ていないものは信じようがない、という側面もある。

「あたし達は三人部屋でいいですから！　いいわよね、クリス？」

「うんもちろん。行こうレオーネ」

イングリスはレオーネの手を引いて自分達の部屋へと誘《さそ》った。

「……何度もごめんなさい」

泣きそうなレオーネは、ぽつりとそれだけを言った。

その後、リーゼロッテの部屋からレオーネの荷物を取り出して運んだ。

「生徒の反発は予想された事ですが……いきなりこうなっちゃいますか。はぁ――」

それを手伝ってくれたミリエラ校長が、イングリスとラフィニアに言う。

「……分かっていてよく入学が許可されましたね？」

「まあウェイン王子とラファエルさんの推薦《すいせん》もありましたし――大人の事情ってやつですよねえ。ただ彼女自身上級印の持ち主なので、その才能を腐《くさ》らせるのは惜《お》しいです。それに、彼女は彼女として尊重されるべきだと私は思いますけどねえ」

ミリエラ校長はそう言うと、イングリス達に頭を下げる。

「すみませんが、彼女の事をお願いしますね。もう少し大きい部屋が用意できないかは、検討しておきますので――」

「はいっ！」

「分かりました」

イングリスとラフィニアは部屋に戻り、レオーネも含《ふく》めすぐに眠《ねむ》る事にした。嫌《いや》な事は眠って忘れてしまうのが一番だ。

「私は床《ゆか》で寝《ね》るから」

と、レオーネは力なく言う。

本来二人用のこの部屋には二段ベッドが置いてあり、一人があぶれてしまう。

「いいよ。こっちにおいで。一緒に寝よう？」

下段のイングリスは、レオーネを自分の横に誘い入れた。

少し狭《せま》いが、二人並んで寝られなくはない。

「あっ。じゃああたしもっ」

何故かラフィニアも上段から降りて来て、三人で川の字になって眠る事になった。

かなり狭い――

が、落ち込んでいるレオーネを二人で見守ってあげられたのは良かったかも知れない。

暫《しばら》くすると、ラフィニアが先に寝付《ねつ》いてしまったが。

「……ちょっとあれね、音がその――」

「いびきがね。疲《つか》れてるとこうなるんだよ。わたしは慣れてるから」

「でも、誰かと一緒に寝るなんてすごく久しぶり。何だか落ち着くかも……」

「レオーネは一人じゃないから。わたしたちがいるから安心してね」

「ありがとう、イングリス――」

「うん」

イングリスは、静かに肩を震《ふる》わせるレオーネを抱きしめながら瞳《ひとみ》を閉じる。

昔はやれお化けが怖い、怖い夢を見た、などと言い出すラフィニアをよくこうして宥《なだ》めていたものだ。

何だか懐かしい感覚に浸《ひた》っているうちに、いつの間にか三人とも眠りに就《つ》いていた。

◆◇◆

翌日――

今日はラフィニア達の騎士科と、イングリス達の従騎士科の授業が別々の日だった。

騎士科が魔印武具《アーティファクト》を用いた実戦訓練などをしている時は、従騎士科は機甲鳥《フライギア》の個人飛行訓練や整備の勉強などをする。

座学や基礎《きそ》戦闘《せんとう》や機甲鳥《フライギア》の合同演習の日は騎士科と合同の授業だ。

イングリス達従騎士科の新入生は、アカデミー本舎の正門前に集められていた。

その前に立つのは筋骨隆々《りゅうりゅう》で禿頭《とくとう》の大男だった。

教官の制服が、筋肉ではち切れんばかりである。

「諸君ら従騎士科第一回生の担当教官、マーグースだ！　いいかよく聞け！　諸君ら従騎士科は魔印《ルーン》や魔印武具《アーティファクト》を持たぬが基本！　だがその一点を以《もっ》て、諸君らが彼らに劣《おと》るなどと考えるは早計だ！　我々の戦いとは対魔石獣のみにあらず！　魔印《ルーン》を身につけられぬなら、己《おのれ》の肉体を鍛《きた》え上げその差を埋《う》めて見せればいいッ！　諸君らには、騎士科の数倍の身体的鍛錬《たんれん》を積んでもらうぞッ！　まずは機甲鳥《フライギア》ドックまで走って向かう！　さぁついて来い！」

と、教官自らボルト湖方面に走り出す。

「えええぇぇっ⁉」

「いきなり機甲鳥《フライギア》全然関係ないんだけど……⁉」

「はやっ⁉　見失っちまうぞ！」

「と、とにかく付いて行くしかない！」

皆《みな》がマーグース教官の後を追って駆け出《だ》した。

「……こういうのも悪くはないかな」

やはり教官も言うように、肉体の鍛錬が基本中の基本。

だが、ただ走るだけなのも芸がない。

イングリスは昨日見た重力負荷《ふか》を生み出す魔印武具《アーティファクト》の奇蹟《ギフト》の効果を早速《さっそく》再現してみる。

——魔素《マナ》の動きや配置のパターンはちゃんと覚えている。

が、複雑で繊細《せんさい》な動きだ。それを上手《うま》く再現できるかが問題となる。

「ん……」

瞳を閉じて集中し、まずは霊素《エーテル》を魔素《マナ》に変換《へんかん》。

身の回りに纏《まと》ったそれを制御《せいぎょ》し——

あの奇蹟《ギフト》のように、高重力を広域展開するという高等な事は必要ない。

単に自分一人だけに高重力の負荷がかかるように。

奇蹟《ギフト》の一部だけを再現するという事だ。

それならば、まだまだ未熟な自分の技術でも——

がくん！

体が地面に沈み込むような感覚がする。

トントンと軽くジャンプする。いつもより自分自身が重いのが分かる。

「おっ……できた――⁉」

負荷としては体重の数倍というところか？

まだまだ軽いと言えるが、もっと上達すればもっと重くもできるだろう。

とりあえず、何もしないよりは訓練の効率は段違《だんちが》いだ。

「よし……！　今はこれで十分かな」

最も遅《おく》れて最後尾《さいこうび》から駆け出すイングリス。

しかし、重力の負荷をかけつつ最後尾から出発してもなお――

あっという間に先頭を行くマーグース教官に追いついた。

「フハハハハ！　無理はするなよ諸君！　初めから私について来られる者などおらんのが当たり前だッ！　私を見失った者は、近くの住民に道を尋ねてドックまでやって来るがいいぞ――おおおぉぉぉぉっ⁉　い、いつの間にいぃぃぃぃっ⁉」

「教官。先に行っても構いませんか？」

「か、構わんが君――道は覚えているのか……!?」

「……そう言えばよく覚えていません。では今日のところは付いて行きます」

少々物足りないが、重力負荷を更《さら》に上げられないか試みながら付いて行く事にしよう。

――そこに、後ろから影が。

「ふんがあぁぁぁっ！　待てえぇぇぇぇっ！」

それは背の低い、負けん気の強そうな顔をした少年である。

必死の形相でイングリス達に追い縋《お》《すが》ってくるのだ。

確か高重力下での訓練で活躍していた――ラティという名前だったか。

「おお。凄いね」

この少年は魔印《ルーン》もなくイングリスのように神騎士《ディバインナイト》でもない正真正銘《しょうしんしょうめい》の常人だ。

本当に単に足が速いだけなのだろう。必死に頑張《がんば》っている姿が微笑《ほほえ》ましい。

「くっそ涼《すず》しい顔しやがって――！　こっちは死にかけてんだよ……っ！」

「ハハハハ！　今年の従騎士科は見込みのあるヤツが揃《そろ》っているな！　結構結構！」

「私達もお忘れなく」

「そうだっ！　こんなのに追いつくなんてワケねえぜ！」

更に青い髪《かみ》の少年と赤い髪の少年が追い付いて来る。

髪色は正反対だが、この二人の顔立ちはそっくりだ。双子《ふたご》だろうか。

何となく顔を覚えている。

確か、高重力下での訓練でリーゼロッテのお付きとして彼女を守ろうとしていたはずだ。

つまり彼女の従騎士という事なのだろうが――

この二人の場合手に魔印《ルーン》が輝《かがや》いており、それは中級印だった。

勿論《もちろん》騎士《きし》科に入る事もできたのだろうが、リーゼロッテに将来仕えるためにあえて従騎士科を選択《せんたく》しているという事なのだろう。

他にも魔印《ルーン》を持っている者もいたが、皆下級印で中級印は彼等《かれら》だけだ。

リーゼロッテは国王の右腕《みぎうで》であるアールシア宰相《さいしょう》の娘《むすめ》だと聞く。

今をときめく権力者の娘だ。従騎士も奮発しようという事なのだろう。

彼ら二人は魔印武具《アーティファクト》の剣を携《たずさ》えている。

魔印武具《アーティファクト》はその力を発揮する時、持ち主の身体能力を引き上げる効果も持つ。

その機能に頼《たよ》って付いて来ているようだ。彼等から魔素《マナ》の流れを感じる。

確かにマーグース教官は、魔印武具《アーティファクト》を使ってはならないとは言っていない。

「ううう……！　くっそ……！」

ラティがじりじりと遅れそうになって行く。

「おいおい無理すんなよ？　お前みたいな一般人《いっぱんじん》は、後からチンタラついてくりゃいいんだよ？」

「さよう。人間無理に背伸《せの》びをするものではありませんよ」

リーゼロッテの従者の少年たちがラティにそう言っている。

赤い髪の少年の口調がやや粗暴《そぼう》で、青い髪の少年が慇懃無礼《いんぎんぶれい》という感じだ。

「うるせえ！　騎士科じゃ勝ち目ねえからって、従騎士科でデカい顔したいだけだろお前らは！　そんな志の低い奴等《やつら》に負けるかよ……っ！」

「何だコラ!?　ふざけた事抜《ぬ》かしてんじゃねえぞ！」

「フッ……減らず口は叩《たた》けるようですが、付いてくる事はできないようですね」

確かにもうラティは限界だろう。

「……ドックまでの道、覚えてる？」

イングリスはラティに近寄って耳打ちした。

「あ、ああ……覚えてるけど……っ？」

「じゃあ案内して」

イングリスはラティの手を取り、殆《ほとん》ど引きずるようにして加速した。

「──先に行きます！」

「どおおおおおっ⁉　速い速いって！　ぎゃあああああっ⁉」

「我慢《がまん》して。負けたくないでしょ？」

イングリス達《たち》の背中から声がかかる。

「と、到着《とうちゃく》したら機甲鳥《フライギア》を出して飛行の自習をしておけ──────！」

「はい。了解《りょうかい》しました」

振《む》り向いて教官に笑顔《えがお》で応じ、更に加速。

「な……速い⁉」

「う、嘘《うそ》だろ何だありゃ⁉」

イングリスはあっという間に教官や双子の少年達を引《ひ》き離《はな》して行った。

「ぜーっ……ぜーっ……うえっぷ、気持ち悪《わ》りぃ……」

一番乗りで機甲鳥《フライギア》ドックに到達《とうたつ》すると、ラティは肩で息をしながら膝《ひざ》に手をついていた。

「負けなくて良かったね？」

「完全に引きずられただけだから、俺《おれ》の力じゃねえけどな……とんでもないよなぁ」

「何回もやってれば、慣れるよ」

「やるつもりかよ⁉」

「やって欲《ほ》しいなら、やるけど？」

「いいよ、毎回やったら死んじまうぜ……でもまあ礼は言っとく、ありがとうな。俺はラティだ、よろしく」

「イングリスだよ。よろしく」

「俺、この国出身じゃなくてアルカード出身なんだ」

イングリス達の国カーラリアの北にある寒冷地の国だ。

寒冷地の自然は厳しいが、雨があまり降らないため虹の雨《プリズムフロウ》も比《ひ》較的《かくてき》少ないという利点もある国だ。

無論魔石獣の脅威《きょうい》が全くないというわけではないが。

「そうなんだ。留学生だね？」

「ああ、そうなんだ。こっちはあったかくていいよな」

「うん。あのプラムって子もそうなんだ？」

「ん？　あいつか？　ああそうだな」

「じゃあラティは、あの子の従騎士《きし》になるために勉強しに来たんだね？　わたしもそうだよ。ラフィニア・ビルフォードって子の従騎士になるんだ」

「ああ。あの聖騎士の妹だって子だよな？　俺達《おれたち》はそういう感じではないかもしれねえ」

「そうなんだ？」

「けど機甲鳥《フライギア》の事覚えてさ、腕《うで》を磨《みが》いて俺も魔石獣《ませきじゅう》と戦う役に立ちたいってのは本気だぜ……！　ここでしかそんな事教えてないからさ、だからわざわざ留学してきたんだ……！　よしもう十分休んだ、こうしてられねえ機甲鳥《フライギア》を出そうぜ！」

「うん。そうだね」

イングリスとラティはドックに詰《つ》めていた別の教官に申し出て中に入れて貰《もら》い、機甲鳥《フライギア》を引き出して飛ばした。

湖上に出ると、早速ラティは全速力を出していた。

「よっしゃ、みんな来るまでは自由時間だ！　思いっきり飛ばすぜ！」

「いいね！」

イングリスもその後に続く。

今日は魔石獣の気配もない。思い切り飛ばして楽しもう！

「よっしゃあああぁぁぁ！」

「おお。凄い……！」

ラティの駆る機甲鳥《フライギア》の飛行軌道《きどう》だ。

螺旋《らせん》を描《えが》くような細かい旋回《せんかい》を繰《く》り返《かえ》しながら前方に突《つ》き進《すす》むのだが、そういう動きを入れながらも速度が落ちていない。

急上昇《きゅうじょうしょう》、急旋回《きゅうせんかい》の動きも細かく複雑で、なおかつ素早《すばや》い。

直線的な飛行軌道しか描けないこちらとは、明らかに動きの質が違った。

どうやら機甲鳥《フライギア》の操縦にかけては、ラティの才能は天才的のようだ。

「へへへっ！　俺だって何か一つくらい、お前達に勝てるものがないと不公平だろ⁉」

ラティの機甲鳥《フライギア》はイングリスの機甲鳥《フライギア》の前を行く。

こちらもアクセルを全開にしているが、やはり追いつけない。

——ちょっと悔《くや》しい。

「……追い抜く！」

イングリスは後方に掌《てのひら》をかざし——霊素弾《エーテルストライク》を放つ！


スゴゴオォォォーーッ！


青白い色の大光弾が、湖水を盛大に巻き上げながら後方に突き進んでいく。

だがそれは、ただの副産物。発射の反動で、イングリスの機甲鳥《フライギア》は加速し、ラティの機甲鳥《フライギア》を追い越《こ》していた。

「うおおぉぉぉぉいっ!?　何してんだイングリス!?　何だよそれは……!?」

「わたし、負《ま》けず嫌《ぎら》いだから」

「いやそういう問題かよ!?　負けず嫌いであんな大砲《たいほう》みたいな光をぶっ放すなよ！　魔印《ルーン》もなしに何なんだ一体……!?」

「修行《しゅぎょう》したからね」

「絶対そういう問題じゃねえ気がするんだが……!?」

「取り敢《あ》えず、スピードでは勝ったね」

「ま、まぁな――でも操縦テクニックは負けねえ！」

「うん、凄いね。見てて動きが違うから。どうやってるのか教えて」

「ああ、いいぜ」

そうやっているうちにマーグース教官達も追いついて来て、機甲鳥《フライギア》の訓練が開始された。

そこでもラティの才能、素質は頭抜《ずぬ》けており、教官も驚《おどろ》きつつも喜んでいた。

そうして騎士科とは別々の訓練も終わり――

翌日は騎士科とも一緒《いっしょ》の座学と戦闘《せんとう》訓練。

その翌日も同じ――

だがその夜、イングリス達はミリエラ校長に呼び出されていた。

「校長先生、話とは何ですか？」

校長室に入り挨拶《あいさつ》をすると、イングリスはそう尋《たず》ねる。

「ええ、イングリスさん、ラフィニアさん、レオーネさん。この間機甲鳥《フライギア》ドックの見学をした時に、魔石獣から商船を守って頂いたでしょう？　実はその時の商船のオーナーが、是非《ぜひ》あなた達をお招きしてお礼をしたいとの事で——」

「わ！　ごちそうしてもらえるって事ですか⁉」

ラフィニアが早速反応している。

「ええ、そうでしょうね」

「オーナーはどちらの方なのですか？」

「ランバー商会の武装行商団の方々ですね」

「……⁉」

その名を、物凄《ものすご》く久しぶりに聞いた気がする。

「クリス、それってあれよね？　あのラーアルの……⁉」

「うん。ラーアル殿《どの》のお父さんがやっていた商会だったはず」

しかしラーアルも天上人《ハイランダー》になったのだし、その父親も天上人《ハイランダー》になったと思っていたが
……？

その商会がまだ存在しているとして、どうなっているのだろう？
それを知るためには、招きに応じざるを得ないだろう。

第3章 ◆ 15歳のイングリス　カイラル王立騎士アカデミー　その3

カラカラカラ――

馬車の車輪の乾《かわ》いた音が、外から耳に入って来る。

窓の外の夕暮れの光景を眺《なが》めるイングリスに、対面に座《すわ》っているラフィニアが話しかける。

「レオーネも来ればよかったのにね」

レオーネは先方からのお礼をしたいという招きに「私はいいから行って来て」と答え、断ったのだ。

なので今日は、授業後にイングリスとラフィニアが二人でお招きにあずかる事になった。

「仕方ないよ。ランバー商会には怨《うら》まれてても不思議じゃないって考えたんだよ」

ランバー商会はラーアルの父が営んでいたものだ。

今どうなっているのかは知らないが――商会の主の息子《むすこ》であるラーアルに虹の粉薬《プリズムパウダー》を盛

り、魔石獣に変えてしまったのはレオーネの兄のレオンだ。

その事があちらに知られていれば、レオーネまで逆恨《さかうら》みされている可能性は否定できない。

「それを言い出すとあたし達もだろうけど――でもレオーネは気にしちゃうか。大分落ち込んでたもんね」

「うん。これ以上傷つきたくないんだろうね」

「だけど、このままじゃずっとこのままよ？　何か機会があれば……」

「そうだね。レオーネも分かってると思う。けど今は、ちょっと疲れちゃってるんだよ。元気が出るまで待ってあげよう？」

「……そうよね、無理強《むりじ》いはしちゃいけないもの。じゃあとりあえず、何か美味《おい》しいものをお土産《みやげ》に持って帰ってあげよ！」

「それがいいね。そうしてあげよう」

「うん――ねえクリス？　あたし思うんだけど、あたしはラファ兄様の妹だからって皆がちやほやしてくれるじゃない？　だけどレオーネはその逆。レオンさんの妹だからって、皆に悪い目で見られる……だからこそ、あたし達がレオーネを支えてあげなくちゃいけないと思うの。レオーネはいい子だもの。クリスも手伝ってくれるわよね？」

「もちろんだよ。偉《えら》いね、ラニ」

イングリスはラフィニアの黒髪《くろかみ》を優《やさ》しく撫《な》でる。

ちゃんと自分の事も認識《にんしき》できているのが偉い。これは自分の欲目ではないはずだ。

「ふふっ。クリスがそう言ってくれるなら、安心かな」

「そう？」

「うん。あたしの経験上ね？」

と話しているうちに馬車が止まる。

「着いたのかな？」

「でも道の真ん中だよ？」

迎《むか》えの馬車がアカデミーまで来てくれて、御者《ぎょしゃ》の男性曰《いわ》く商会の所有する館《やかた》まで案内するとの事だったが――？

「失礼、中を改めさせて頂く！」

と、王国の紋章《もんしょう》入りの鎧《よろい》を纏った騎士が、馬車の扉《とびら》を開けた。

「む――君達は騎士アカデミーの候補生達か？」

「はい、そうですけど――」

「何かあったんですか？」

「ここ数日、夜間の街中で人が殺される辻斬《つじぎ》り事件が頻発《ひんぱつ》している。そのために市中を警《けい》戒《かい》中なんだ」

「えぇっ⁉」

「そんな事件が……？」

イングリス達はまだ王都に来たばかりであるし、アカデミーは全寮制《ぜんりょうせい》なので街の様子はあまり分からなかった。

「狙《ねら》われているのは魔印《ルーン》を持つ騎士ばかりだ。魔印喰い《ルーンイーター》だよこれは」

「犯人に目星は付いていないのですか？」

イングリスの質問に、騎士の男は首を横に振る。

「いや、分からん。近頃《ちかごろ》勢力を増してきている血鉄鎖旅団の仕業《しわざ》じゃないかとは言われているが――近々また天上領《ハイランド》への物資の献上《けんじょう》があるだろう？　それを妨害《ぼうがい》するためか、とな。とにかく、君達も十分注意するんだ」

「分かりました。どうもありがとうございます」

「気を付けます。ありがとうございました」

二人が礼を述べると、騎士は馬車の扉を閉めて離れて行った。

馬車は再び動き出し、その中でイングリスはにやりとした。

「魔印喰い《ルーンイーター》か。おもしろそうだね。強いのかな」

「……あーあ、何か大変な事が起きそう」

「そう？」

「うん。クリスがニヤッてしたら、ロクな事にならないから。あたしの経験上ね？」

「失礼な」

「それにしても、ラファ兄様が王都にいればすぐに何とかしてくれるんだろうけど」

「まだ虹の王《プリズマー》の輸送中なんだよね？」

「うん。戻《もど》ったら連絡《れんらく》があるはずだし。それに、ウェイン王子もそちらに向かったって聞いたわ。その護衛にエリスさんも一緒らしいわよ？」

「今は結構手薄《てうす》だって事だね。でも、よく知ってたね？」

「うん。ほら、色んな人があたしの所に話に来るでしょ？　中には王都の騎士の家の人とかもいるから、教えて貰ったのよ」

「なるほど」

と、馬車が再び止まり御者から到着した旨《むね》を告げられた。

そこは、大きな住宅が立ち並ぶ区画の中でも、特に広い庭を持つ屋敷《やしき》だった。

「どうぞこのまま中にお進み下さい」

「分かりました」

「ありがとうございます」

イングリスとラフィニアは、庭園のように手入れされた庭を進んで行く。

もう夕暮れの時間も終わり、辺りは薄暗《うすぐら》い闇《やみ》の中だ。

「ラニ。ちょっと止まって」

「？　なに？」

「そのままでね」

イングリスはそう言い置いて、一人で前に進む。

そして――

ヒュンヒュンヒュンヒュンッ！

風切り音と共に、イングリスに向けていくつもの矢が飛来する。

「クリスッ⁉」

「ん。大丈夫《だいじょうぶ》だよ」

事も無げに応じるイングリス。

目にも止まらぬ速さで動いた手の指の間に、飛んで来た矢が全《すべ》て挟《はさ》まっていた。

「ぜ、全部止めたの⁉」

「うん。殺気は分かってたから。やっぱりわたしたちも怨まれてたのかな？」

「騙《だま》し討《う》ちって事……⁉」

「かもね？　でも――」


ばばばばばっ！


イングリスは一斉《いっせい》に、指の間に受け止めた矢を投げ返す。

「うわああっ⁉」

「いってえええぇっ⁉」

「な、何てこった……！」

「撃《う》ち返されるなんて⁉」

周囲の木陰《こかげ》や植木の陰《かげ》から、男達が悲鳴を上げて飛び出してくる。

「こういう歓迎《かんげい》も、わたしは好きだよ」

イングリスは嬉《うれ》しそうに微笑《びしょう》を浮《う》かべる。

「……ああ、ロクな事にならない顔だ」

ラフィニアが、はあとため息を吐《つ》く。

「おい狼狽《うろた》えるなテメェら！　気配さえ読めてりゃ難しい事じゃねえんだ。おいお嬢《じょう》ちゃん、俺が相手してやるぜ、かかってきな」

頬に傷のあるがっしりとした男が進み出て、イングリスに立《た》ち塞《ふさ》がった。

手には中級印の魔印《ルーン》が輝いている。

「ではお願いします」

「おう。思いっきりかかってきな――――あぁぁぁぁぁっ⁉」

真《ま》っ直《す》ぐ突っ込んで軽く放った肘《ひじ》打ちが、男を弾《はじ》き飛《と》ばし屋敷の壁《かべ》に叩きつけていた。

気絶したらしくそのまま立ち上がって来ない。

「さあ、次の方どうぞ？」

イングリスはにっこりと、男達に笑顔を向ける。

「「「ひいいぃぃいぃっ⁉」」」

完全に腰《こし》が引けた男たちが悲鳴を上げる。

「待った！　あんたの実力はよーく分かった！　済まない、もう勘弁《かんべん》してやってくれ！」

屋敷の建物の方から若い男がやって来て、イングリスに頭を下げた。

「できれば――」

と、イングリスは目の前で頭を下げる男に微笑みかけた。

「あなたも挑《いど》んで来て下さる方が楽しめるのですが？」

可憐《かれん》でたおやかな笑顔とは裏腹の、かかって来いという挑発《ちょうはつ》。

青年は慌《あわ》てた様子で首を振《ふ》る。

「い、いやあ俺はいいよ俺は！　俺の腕もせいぜいあんたがぶっ飛ばしてあそこで伸《の》びてる奴《やつ》と同程度さ。まるで相手にならねえよ」

「またまた、ご謙遜《けんそん》を」

「け、謙遜じゃねえって！　がっかりさせて悪いけどよ！」

「そうですか？　残念です」

「と、とんでもない美人なのにとんでもない武闘派《ぶとうは》だな……と、とにかく舐《な》めた真似《まね》して悪かった。俺はファルス・ファアーゴってもんだ。ランバー商会の代表をやらせてもらっている」

「あなたが？　イングリス・ユークスです。はじめまして」

「実は、はじめましてじゃねえんだよ。そっちのラフィニア・ビルフォードお嬢様《じょうさま》もな」

「あたしたちの事知ってるんですか？」

「ああ。もう十年近くも前になるか？　うちの武装行商団がユミルの騎士団《きしだん》と稽古《けいこ》させてもらったろ？　あの時俺もいたんでな。あの時は小さかったが、お二人とも凄《すご》い美人になったもんだ。十年ってのは早いなあ」

「そうなんだ、あの時にいた人だったのね――」

「とにかく、中に入ってくれ。一応それなりの飯は用意してある。あんたらに礼をするために来てもらったんだからな」

「わーい♪　やったごちそうだ！　めちゃくちゃ食べまくるわよ！」

「ラニ、あんまりはしゃぐとみっともないよ？」

「ははは。いいんだよ、せっかくだからたらふく食ってくれよ」

と笑顔を見せるファルスだが、それから小一時間後――

「いやホントにめちゃくちゃ食うなあんたら⁉」

容赦《ようしゃ》なくテーブルに積み上げられる空の皿の数に、ファルスは悲鳴を上げている。

「ん～♪　食堂の料理もいいけどこっちの方が高級よね～。おいし～♪」

「わたしたちのおこづかいで食べられる量と質じゃないから、今のうちに食べ貯《た》めしておいた方がいいね」

「うん。あとレオーネのお土産も包んでもらいましょ？」

「そうだね」

「すいませ～ん。これ持って帰ってもいいですか？」

「あ、ああ。おい誰《だれ》か包んでやれ」

「「ありがとうございます」」

イングリスとラフィニアは可愛《かわい》らしい笑顔でファルスに礼を言い、それから更に料理に手を付け――

「いやまだ食うのかよ⁉　とにかく――まあいいや。そのままでいいから聞いてくれないか？」

「なんれすくわぁ？（なんですか？）」

「ふぁい？　ろうろぉ（はい？　どうぞ）」

二人ともステーキを口一杯《いっぱい》に頬張《ほおば》りながら答えた。

「うちの商会の現状は、さっきまで説明したとおりだ。先代のランバーさんや息子のラーアルさんは天上領《ハイランド》の市民権を得ると商会を放《ほう》り出して行っちまったが、残った俺達は何とか商売を続けて来た。ラーアルさんがユミルで殺されちまったっていう話は聞いたが、別にそれを根に持つとかはねえ。俺達も奴らに捨てられた身だしな。大方天上人《ハイランダー》になって増長して、恨《うら》みを買い過ぎたんだろうさ。元から決して褒《ほ》められるような人格じゃあなかったからな。特にラーアルさんは。あんたらに船を助けてもらったのは本当に単なる偶然《ぐうぜん》さ。そしてその偶然俺たちを助けてくれた腕利《うでき》きに頼《たの》みたい事がある」

「ふぁい。あんれそうかぁ？（はい、なんでしょうか？）」

ちょうどその時、二人は油で揚《あ》げた鳥の肉を口一杯に頬張っていた。

まるで木の実を口に入れて持ち運ぶ小動物のようである。

「……ホントそのまま聞くなぁ。こっちがシリアスになってるってのに。いや、いいんだけどさ」

ファルスは一つ咳払《せきばら》いをして、続ける。

「実はさ、今度天上領《ハイランド》と王国の間でデカい取引があるんだが、俺達もそれに交ぜて貰える事になってな。だが、最近何かと物騒《ぶっそう》だろ？　取引を妨害しに、血鉄鎖旅団《けってつさ》が何か仕掛《しか》けてくるかもって専《もっぱ》らの噂《うわさ》なんだ。王国側が当然警備体制は敷《し》くだろうが、それは国や天上領《ハイランド》のお偉方《えらがた》を守るためであって、何かあったら俺達は見殺しだろう。だから、俺達は俺達で腕の立つ護衛を雇《やと》いたいんだ。武装行商団が護衛をつけるとか情けないが、背に腹は代えられねえ。どうだろう、報酬《ほうしゅう》は弾《はず》むから取引の現場で俺達の護衛を頼めねえか？」

イングリス達は口を動かしながら顔を見合わせる。

「……ふまひ。にゃにかあっふぁら、けふけっふぁひょたむとたかふぁふぇる――ふぉ

（……つまり、何かあったら、血鉄鎖旅団と戦える――と）」

「ふぁーふぁ。まはきゅふぃふゅのひょうひが……（あーあ。またクリスの病気が……）」

「りゃにはあふひゃいかふぁ、ひゃめておきゅ？（ラニは危ないから、止めておく？）」

「いひゅふぁよ。おきょつきゃふぃもふぉしいひ、りゅよーねふぁきふぁらふぃににゃるきゃもしれにゃいれひょ？（行くわよ。お小遣《こづか》いも欲しいし、レオーネが元気になるかも知れないでしょ？）」

「んんひょうかも。ひょひひゃへず、きゃえってこうひょううしぇんしぇにはなひふぇみひょうきゃ？（うんそうかも。とりあえず、帰って校長先生に話してみようか？）」

ファルスはふう、とため息を吐く。

「うんうんまあそれで会話が成立してるんなら、別に俺はいいけどさ……」

二人の間で話は纏まったので、イングリスは口の中のものを飲み込んで返事をする。

「戻ったらアカデミーの校長先生に相談しますね。許可を頂ければお受けします」

「おおそうか――ありがとう！　助かるよ！」

「こちらこそ」

と、イングリスは笑顔で応じる。

もし何かがあれば、最前線で強敵と戦える可能性が高い。

それは得難《がた》い実戦の機会である。実戦に勝る修行《しゅぎょう》はないのだ。

報酬付きでそんな機会を提供してくれる事には、ありがとうと言わざるを得ない。

◆◇◆

話を終えた後、イングリス達は帰りの馬車に乗せて貰った。

「通《とお》り魔が出るって言ってたよね。出ないかな？」

「わくわくしないの！　もう……！　あたしは何も言わないわよ、噂をすれば影《かげ》って言うし――――！」


ぎゃあああぁぁぁぁ！

うわあぁぁぁぁあっ！


夜の闇を劈《つんざ》く悲鳴が飛び込んで来た。

「お？　食後のいい運動になるかもね」

　イングリスは早速《さっそく》馬車の外に身を躍《おど》らせる。

「ああもう……！」


　ドゥウゥン！


　ラフィニアも馬車を降り――た瞬間《しゅんかん》、馬車の頭上にあった時計台が弾《はじ》けて折れた！

「ラニ！　危ない！」

　イングリスは飛び上がり、大きな瓦礫《がれき》や残骸《ざんがい》を弾き飛ばし、受け止めた。

　着地した時には、体より大きな時計台の先端《せんたん》部分を担《かつ》いでいる。

「大丈夫だった？」

「うん。ありがとう、クリス」

　ラフィニアは慣れたものだが、馬車の御者の男性は驚愕《きょうがく》していた。

「す、すごいお嬢さんだ――魔印《ルーン》もないのに……！」

「ここで待っていてください。様子を見てきます」

　イングリスは声のした方に走る。

　それは時計台を破壊《はかい》したものが飛んで来た方向と同じだ。

しかもあれは――あれは、雷《かみなり》を凝縮《ぎょうしゅく》したような雷の獣《けもの》の姿をしていなかったか？

だとすれば、イングリスはそれに見覚えがある。

イングリスは路地裏に駆《か》け込み、二、三の角を曲がって――

そしてその姿を見た。

青紫《あおむらさき》に輝く棘《とげ》付の鉄手甲《てっこう》を装備した男――

そしてそれと向かい合う、全身にいくつもの魔印《ルーン》の輝きを身に纏《まと》ったような、異様な雰《ふん》囲気《いき》の人影《ひとかげ》――

「レオンさん……!?」

イングリスは思わず、その名を呼んでいた。

「……!?」

イングリスの声にレオンは振り返り、ぎょっとした顔をする。

やはりレオンだ。間違《まちが》いない。

その周りには見覚えのある雷の獣も従えている。

「イングリスちゃんか……!?　ますます綺麗《きれい》になってるなぁ……！」

「一体何故《なぜ》ここに……!?」

レオンは血鉄鎖旅団に下ったはず。

という事は血鉄鎖旅団は何かここで行おうとしている?
やはりファルスが言っていた天上領《ハイランド》との取引を邪魔《じゃま》しようというのか。
通り魔騒《まさわ》ぎもその一環《いっかん》という事なのだろうか。
しかしレオンの奥《おく》には別の、明らかに異様な風体《ふうてい》の男もいる。
体中にいくつもの魔印《ルーン》を浮《う》き上《あ》がらせた怪人《かいじん》だ。
顔には銀色の仮面を被《かぶ》っており、その人相は分からない。
市中を警戒していた騎士は、通り魔は魔印《ルーン》を持つ人間を狙うと言っていた。
魔印喰《ルーンイーター》いだと。
レオンではなく仮面の男の方がそれらしく見えるのだが――
しかも立ち位置から、レオンはそれに対峙《たいじ》していたようにも映る。
と、その時――
「爆《は》ぜろッ!」
雷の獣達が轟音《ごうおん》を上げて弾け飛び、目を開けていられない程《ほど》の光が発生する。
「くっ……!」
イングリスといえども一瞬《いっしゅん》目を閉じざるを得ず――
「じゃあな! ここは譲《ゆず》るぜ!」

そんな声が聞こえた。

そして目を開いた時には、レオンの姿は消え去っていた。

相変わらず、引き際《ぎわ》の素早さは鮮《あざ》やかとも言える。

――だがこの場は終わりではない。

まだ、レオンと対峙していた魔印《ルーン》だらけの怪人は残っているのだ。

「……あなたは何者です？　魔印《ルーン》所持者を襲《おそ》う通り魔とはあなたですか？」

普通魔印《ふつうルーン》というものは一人一つだ。

魔素《マナ》にも個人個人の性質があり、それに合ったものが魔印《ルーン》として刻まれるわけだ。

魔素《マナ》を自力で感知したり制御《せいぎょ》したりする感性を持たない現代人に合わせた仕組みである。

だがこの男には、いくつもの魔印《ルーン》と共にいくつもの波長の魔素《マナ》を感じる。

魔印《ルーン》も魔素《マナ》も、何人分も重なり合っているように見えるのだ。

そしてその総計は――と考えて、イングリスの口元が思わず緩《ゆる》む。

どうやら久しぶりに手ごたえのある相手と巡《めぐ》り会《あ》えたようだ。

「できれば、わたしも襲っていただきたいのですが」

「――いら……ん。マズそうな女……だ」

ややたどたどしく、だが返事は返ってきた。

「これでも見た目はよく褒められるのですが」

「どうでも……いい。魔素《マナ》だ――」

「では、これでは？」

イングリスは身に纏う霊素《エーテル》を魔素《マナ》に変換《へんかん》して見せた。

「おおおおおおっ⁉」

怪人は狂喜《きょうき》の叫《さけ》びを上げていた。

「よこせええええぇっ！」

こちらに飛びかかろうと手を伸ばす。

「はい、どうぞ。取れるものなら、ですが」

イングリスはにっこりと笑いながら怪人を手招きした。

「があああぁっ！」

姿勢を低くした怪人が、獣のように雄叫《おたけ》びを上げて突っ込んでくる。

――かなり速い！

天恵武姫《ハイラル・メナス》の動きにも負けていないかも知れない。

しかし反応できないと言うほどでもない。

猛然《もうぜん》と繰り出《だ》される拳《こぶし》や蹴《け》り、体当たりをイングリスは紙一重《かみひとえ》で見切って避《さ》けて行く。

「おおおぉっ⁉」

攻撃《こうげき》が当たらない事に焦《じ》れ始めたのか、男の攻撃が段々大振《おおぶ》りになって行く。

「どうしました？　その魔印《ルーン》の力を見せて下さい」

掬《すく》い上げるような軌道の拳を避けざまに、相手の脇腹《わきばら》に掌打を撃ちこんだ。

その勢いで敵は近くの廃屋《はいおく》を囲う塀《へい》を破壊し突き抜《ぬ》け、壁に叩《たた》きつけられた。

「があぁっ⁉　クク……」

相当な衝撃《しょうげき》はあったはず――だが、男は何事もなかったかのように立ち上がる。

これはかなりの耐久力《たいきゅうりょく》だ。おもしろい。

男の身体の魔印《ルーン》のいくつかが輝《かがや》きを増す。

ピキンと凍《こお》りつくような音を立て、男の両手に研《と》ぎ澄《す》まされた氷の刃《は》が形成された。

そういう効果の魔印《ルーン》だという事か。

そして再び地を蹴り、こちらに突進《とっしん》してくる。

――先程《さきほど》よりも速い！

「なるほど……！」

繰り出される二刀の氷の刃を、イングリスは舞《ま》うような華麗《かれい》な身のこなしで避ける。

その最中――敵の身体の魔印《ルーン》に別の輝きが宿り、その姿がかき消えた。

「……!?」

ヒュンヒュンヒュンッ!

そして見えなくなったまま、敵の攻撃は続行される。

気配と肌《はだ》に触《ふ》れる空気や音を頼《たよ》りに避ける——

が、確実に先程までより攻撃を捌《さば》く難易度が跳《は》ね上がっている。

長い銀髪《ぎんぱつ》が敵の刃に触れ、はらりと一房《ひとふさ》その場に散った。

「……やりますね!」

避け続けるといずれは追い込まれる。

ならば、とイングリスは見えない敵の攻撃を見切り、両の手首を掴《つか》んで止めた。

「なんだ……と——」

男の動揺《どうよう》する気配が伝わる。

「まだまだですよ……まだ輝いていない魔印《ルーン》も全部見せて下さい。せっかくですから、ね?

お願いします」

「ぬ……う……!」

イングリスは愛想《あいそ》よくお願いしたつもりだった。

が、逆に相手を怯《おび》えさせてしまったようである。

「かああァァっ……！」

姿の見えぬ怪人の声が響《ひび》く。

同時にイングリスを取り囲むように、炎《ほのお》の弾《たま》や氷の礫《つぶて》や石の槍《やり》が一斉に姿を現す。

「!?」

回避《かいひ》だ。イングリスは男の手首から手を放し身構える。しかし――

がしっと肩《かた》をつかまれる感覚。何かが密着して組み付いてくる。

「ん……？」

それは姿を隠《かく》していた敵自身だ。もはや不要と判断したか、姿を現してきた。

こちらは手首を掴んで相手の動きを止めたが、向こうは逆に更《さら》に密着してこちらの動きを止めに来たのだ。

そして周囲を取り囲む複数の属性をもつ弾の数々。

まるで多人数で一斉に魔術《まじゅつ》を行使したかのような物量だ。

このまま放てば、あちらも巻き添《まぞ》えだろう。

それでも放つのか……!?

「所詮《しょせん》女のチカラ、だ……喰らエ！」
宙に浮かんだ炎や氷や石が一斉に動き出す。
避けようにも、怪人はがっしりとイングリスに組み付いていた。
動きが封《ふう》じられているのだ。振り解《ほど》こうとしても動かない。
今のままでは――だが。
「……断りなく女性に抱《だ》き着《つ》くのは、感心しませんね」
イングリスは自分にかかっていた高重力の負荷《ふか》を切った。
体全体にかかっていた重しが消え、一気に体が軽くなる。
この能力は、自己鍛錬《たんれん》には非常に都合がいい。
覚えて以来、特に必要がない限りは常に高重力の負荷を自分にかけている。
これを覚えられただけでも、騎士《きし》アカデミーに入った価値があったと断言できる。
「はあぁぁっ！」
力任せに怪人を振り解くと、イングリスは高く跳躍《ちょうやく》する。
頭上には弾が展開されていなかったのだ。
廃屋の壁を蹴上がり屋根に上りつつ、下の様子を目で追った。
イングリスに振り解かれた怪人は、自ら生み出した無数の弾に襲われていた。

炎の弾や氷の礫や石の槍。それらが一斉に彼《かれ》を撃つ。
――が、それらは着弾《ちゃくだん》寸前で何かに吸い込まれるように消失して行った。
結果、敵には全くダメージがなかったように思える。
「自分で撃った弾を自分で吸収してる……？」
これができるから、イングリスを組み止めて自分ごと撃とうとしたのか。
自分にはダメージがないのなら、それは確かに有効な戦術だろう。
イングリスが敵の群れに突っ込み、それを丸ごとラフィニアが光の雨で攻撃する通称《つうしょう》
『囮《おとり》ごとどっかん！』作戦に発想は近い。
「ククク……」
怪人もイングリスを追って廃屋の屋根に飛び上がって来る。
その手の内には再び二刀の氷の剣《けん》が出現している。
このまま姿を消して、また斬《き》りかかって来るか――
今度は更に、炎や氷や石の弾も複合してくるだろう。
素手《すで》で身をかわすだけでは、少々手こずるか。
だとしたら、こちらも――
イングリスは目の前で展開されている魔素《マナ》の動きを再現してみる。

先程までは高重力を自分にかけていたのでできなかったが、今は解除したので手は空いている。

今のところはまだ、霊素《エーテル》から落とした魔素《マナ》を使って何かしらの技《わざ》を使うのは、一度に一つしかできない。

霊素《エーテル》の戦技とは同時使用可能なので、霊素《エーテル》と魔素《マナ》の戦技をそれぞれ一つずつ並行動作できる、というのが今のイングリスの技術力だ。

ピキィイン！

澄んだ硬い音色を響かせ、イングリスの手の内に氷の剣が出現していた。

「うん。できた」

これで避けるだけではなく、受け流す事もできる。

たまには剣を使って戦うのもいいだろう。

肉弾戦《にくだんせん》ばかりで剣の腕《うで》を鈍《にぶ》らせるのもよろしくない。

「さあ仕切り直しですね。どうぞ全力でかかってきて下さい」

怪人の姿がふっと掻《か》き消《き》える。

これはかなり複雑な魔素《マナ》の動きで、今のイングリスでは再現は難しいかもしれない。

足音が迫《せま》って来る。

見えない氷の刃が襲い掛《か》かってくる。

イングリスは見えないそれを頭の中で補完し見切り、受け流して見せた。

カキンカキンカキンカキン――！

氷の剣同士が斬り結《むす》ぶ音は、鋼のぶつかり合いとは違《ちが》い澄んだ楽器のようだ。

「今だ……喰らエ！」

頭上まで網羅《もうら》した全周囲に、炎の弾や氷の礫や石の槍が一斉に姿を現す。

先程と同じ攻撃に、頭上の逃《に》げ道《みち》も塞いで来た。

「そのくらいは想定内です」

イングリスは見えない敵と斬り結びながら、降り注ぐ弾をあるいは避け、あるいは氷の剣で受け流す。

その舞い踊《おど》るような動きはあまりに流麗《りゅうれい》で、可憐で――

向かい合う怪人の目すら、釘付《くぎづ》けにしてしまっていた。

「お、おォ……!?」

「手が止まっていますよ」

反転攻勢《こうせい》!

イングリスの繰《く》り出す剣の速度が一段と増し、氷の剣同士が奏《かな》でる音色のピッチが上がる。

だんだんと、姿を消している怪人の方が圧《お》され始め――


ザンッ!


とうとうイングリスの氷の剣が、怪人の右腕《みぎうで》を斬り飛ばしていた。

「おあああぁアァァッ!?」

悲鳴と共に斬り落とされた腕だけが、ぽとりと落ちてその姿を露《あらわ》にした。

続いてゆっくりと、のたうつ怪人の姿も現れる。

本人の集中が乱れたせいか、あるいは魔印《ルーン》の刻まれた腕を斬り落とされたからか。

分からないが激しく暴れたせいで、屋根からも転落していた。

「クリス! クリス!? こっちなの……!?」

そこに響く、ラフィニアの声。

眼下の路地にラフィニアが追い付いて来たのだ。

「ラニ！　あぶない離《はな》れて！」

運悪く、ラフィニアが顔を出したのは下に落ちた怪人の目の前である。

「ガアァァァァァッ！」

「きゃっ⁉　な、何これ――⁉　これが通り魔……⁉」

「も、もっト……！　もッと魔素《マナ》ダ！　寄コセエェ！」

怪人が跳ね起《お》きてラフィニアに突進する。手負いの獣そのものの獰猛《どうもう》さだ。

「このっ――！」

ラフィニアも身構えるのだが、反応が一歩遅《おく》れた。

このままでは――

「やらせないっ！　はあぁぁぁっ！」

ラフィニアを護《まも》るためならば、自重や遠慮《えんりょ》は一切《いっさい》不要。

イングリスは霊素殻《エーテルシエル》を全力で発動した。

屋根を蹴り、怪人にもラフィニアにも認識《にんしき》不可能な速さで両者の間に滑《すべ》り込む。

そして——氷の刃が青い光となって一閃《いっせん》した。

「……覚えておきなさい。わたしにならどんな手を使っても構いませんが、ラニに手を出すなら命はありません」

そう口に出してから、イングリスは厳しく引《ひ》き締《し》めた口元をふっと緩める。

「まあ、言っても無駄《むだ》かな」

「で、でしょうね……」

背後のラフィニアが、左右をキョロキョロしながら答えてくる。

そこには、縦一文字に斬り裂《さ》かれ真っ二つになった怪人の亡骸《なきがら》が転がっていた。

第4章 ◆ 15歳のイングリス　カイラル王立騎士アカデミー　その4

「えええっ!?　イングリス、お兄様を見たの!?」

アカデミーの女子寮《じょしりょう》の部屋に戻《もど》ると、イングリスはレオーネにレオンと遭遇《そうぐう》した事を告げた。

ラフィニアとも相談して決めた事だが、隠すよりも教えた方がいいと結論した。

少なくとも、塞ぎ込んでいるレオーネの背中を押《お》す事にはなる。

押した結果が吉《きち》と出るか凶《きょう》と出るかは、彼女《かのじょ》の近くにいる自分達次第《しだい》でもある。

「ど、どこで……!?　教えて！　すぐ捜しに行かなきゃ！」

「待ってレオーネ。場所はちゃんと教えるけど、もうレオンさんはどこかに行ったよ」

「でも急いで捜せば見つかるかもしれないじゃない！　こうしてはいられないわ！」

「とにかく落ち着いてレオーネ！　まだ色々話の続きがあるんだから。リンちゃんちょっとお願いっ、大人しくさせてあげて」

と、ラフィニアが肩にいたリンちゃんをレオーネに放った。

ラフィニアの所にいる場合は、胸のサイズ不足なのか肩や頭に乗っている事が多い。

「きゃっ⁉　あ……っ！　ひゃんっ⁉　だ、ダメダメそんな所……！　こらリンちゃんってば――！」

レオーネの胸元《むなもと》から滑り込んだリンちゃんが、レオーネを大人しくさせてくれた。

イングリスも被害者《ひがいしゃ》になる時があるのであまり喜べないが、今は助かった。

「そのままでいいから聞いてね」

「いやこのままじゃよくないから！　いったんリンちゃんを大人しくさせてよ……！」

と、聞く姿勢になってくれたレオーネに経緯《けいい》を説明する。

レオンだけでなく、通り魔にも遭遇し撃破《げきは》してきた事。

それにランバー商会のファルスからの依頼《いらい》の事。

次の天上領《ハイランド》への物資の献上《けんじょう》が、血鉄鎖旅団に狙《ねら》われていそうだとの話だ。

血鉄鎖旅団に走ったレオンが王都にいた以上、その信憑性《しんぴょうせい》は増したと言っていい。

妨害《ぼうがい》工作の準備のために王都にいたと考えられる。

ならばレオンが、天上領《ハイランド》との取引現場に現れる可能性は高いだろう。

「じゃあそのランバー商会からの依頼に乗れば――」

「うんレオーネ。ちゃんと三人で行くって言ってあるから。レオンさんが現れたらそこで捕《つか》まえればいいよ」

「……確かに話を聞く限り、それは可能性がありそうだわ」

「で、今から校長先生の許可を貰《もら》いに行くのよ、レオーネも一緒《いっしょ》に行きましょ？」

「分かった。ありがとう二人とも、おかげでお兄様に近づけそうだわ！」

三人は早速ミリエラ校長を訪ね、事情を説明した。

「――なるほど。お話は理解しました。それに、そんな凶悪犯《きょうあくはん》まで倒《たお》してくるなんて、素《す》晴《ば》らしいですね！　すごいです！　とはいえ私は反省ですよねえ、外出許可出しちゃいましたから……お二人とも、すみませんでした」

ミリエラ校長が頭を下げる。

「いえ、戦いは楽しめました。むしろお礼を言います」

「ははは……クリスはいつでもクリスよね――校長先生、卒業したら捕まえる側に回るんだし遅《おそ》かれ早《はや》かれです。気にしないでください」

「そう言って下さると助かります……」

「では校長先生、ランバー商会のファルスさんからの依頼を受けても？」

「いいですよね？　校長先生っ！」

「お願いします、私の手でレオンお兄様を……！」

「ちょ、ちょっと待って下さい――――！　それとこれとは別というか……通り魔の件は不可《ふか》抗力《こうりょく》ですから仕方ありませんけど」

「ええっ⁉　じゃあダメなんですか？」

「そんな！　血鉄鎖旅団が現れるかもしれないんですよ！」

ラフィニアが声を上げレオーネが食ってかかろうとする。

「ま、まあまあ待って下さい。天上領《ハイランド》への物資献上の現場の護衛については、アカデミーにも騎士団から協力要請《ようせい》が来ているんです。今正規の機甲鳥《フライギア》部隊は、アールメンの街から虹の王《プリズマー》を輸送する任務で大半が出払《ではら》っていますし、アカデミーの上級生たちもそれに協力しています。だから、皆《みな》さんにも周辺警戒《けいかい》を手伝って頂く事になります。それじゃダメですかねえ？」

「それって遠くで見てるだけって事ですか？」

「まあ、何もなければそうなりますが……」

「それじゃ、何かあってもすぐに動けないわ！　中心に近い所にいないと！」

「その方が強い敵と戦えそうだね」

「うーん――特別課外学習って事で生徒を外に派遣《はけん》する事もなくはないですが……当然危険も伴《ともな》いますから、こちらとしては許可するかどうかテストはさせて貰っていますよ？」

「それは戦いも?」

「ありますね」

「ありがとうございます、嬉《うれ》しいです」

「あははは――イングリスさんは見た目も態度もお淑《しと》やかなのに、とんでもない戦闘狂《せんとうきょう》ですね……」

「はい、戦いは大好きです。血が騒《さわ》ぎます」

ともあれ三人で、特別課外学習の許可を得るためのテストに臨《のぞ》む事になった。

◆◇◆

――実施《じっし》は二日後の放課後。

イングリス達《たち》は騎士科と従騎士科に分かれた授業の後、校庭の石のリングの所でミリエラ校長を待っていた。

噂を聞き付けた他《ほか》の生徒達も、見物しようとリングの周りに集まっている。

その中には従騎士科のラティ達の姿もあった。

「あ、ラティ」

「よ……よーイングリス。調子はどうだ？　特別課外学習の許可テストだって？」

「うん。機甲鳥《フライギア》の居残り訓練はいいの？」

「ああ。なんか面白《おもしろ》そうだから見物しに来たぜ」

「何をするか分からないから、面白いか分からないよ？」

「いやー……既《すで》に十分面白いぞ？」

「そう？」

イングリスの頭上からは、ラフィニアの魔印武具《アーティファクト》が放った光の雨が凄《すご》い勢いで降り注いでいた。

それを避けながら、イングリスはラティと会話をしているのだった。

テストの前の準備運動である。

「ははは……人ってメチャクチャ速く動くと分身したみたいに見えるんだなぁ」

「そう見えてるんだ？」

「ああ、五、六人には見えるなぁ。まあお前みたいな美人が増えるのは世界にとっていい事――って、うわぁ！　何だよプラム⁉」

いつの間にか騎士科のプラムという少女が、ラティの真後ろに立っていたのだ。

――物凄《ものすご》くふて腐《くさ》れた顔をして。

「……私というものがありながら、何を言ってるんですかラティ？　私には美人だなんて一言も言ってくれないのに、おかしくないですか？」

「う、うるさいな別にいいだろ……！」

「大丈夫《だいじょうぶ》だよ。騎士科と従騎士科で別れてる間、プラムの事が心配だってラティも言ってたから」

「こ、こらイングリス余計な事言うな……！」

「わ！　ほんとうですかラティ⁉　ねえねえ本当ですか……⁉」

なかなか微笑《ほほえ》ましい光景ではある。

あちらはあちらで好きにさせておこう。

「ラニ、もっと光を撃《う》って」

「いいわよ。それそれそれっ！　どんどん行くわよクリスっ！」

降り注ぐ光の雨が更に増量。

他の生徒達からも歓声《かんせい》が上がっていた。

「おおおお！　すげえ……！」

「あれでも当たらないのか――！」

「ほとんど足の踏《ふ》み場《ば》ねえだろ、どうなってんだ……⁉」

そんな中ミリエラ校長が姿を現した。

「お待たせしちゃって済みません――ってうわぁ!? 何をやってるんですか……！ そんな全力で暴れていたら、テストでばてちゃいますよ!?」

「大丈夫です。ただの準備運動ですから」

「そ、そうですか……？ ではとりあえず、テストを始めましょう。イングリスさん、ラフィニアさん、レオーネさん、準備はいいですか？」

「「「はい」」」

イングリス達はミリエラ校長の前に整列し、そう答えた。

「テストの内容自体は簡単です。今から皆さんをある所に送り込みますので、制限時間内に戻って来てもらいます。それができれば合格です」

「ある所とは？」

「魔印武具《アーティファクト》の生み出す異空間です」

「そんな魔印武具《アーティファクト》もあるんですね」

「ええ、貴重品ですよ。その異空間を『試練の迷宮《めいきゅう》』など私達は呼んでいますが、そこでは力だけでなく精神も問われる事になります。場合によっては、辛《つら》い思いをする事になるかも知れません。それでも構いませんか？」

ミリエラ校長が普段《ふだん》はゆるい表情を引き締めていた。

だが迷う事はない。イングリス達ははい、と応じる。

「いいでしょう。では――」

「ちょっとお待ちくださいな！」

と、別の方向から声がかかった。

見るとアールシア宰相《さいしょう》の娘《むすめ》である騎士科のリーゼロッテだった。

その左右には従騎士科にいる赤と青の髪《かみ》の双子《ふたご》が控《ひか》えている。

赤い髪の少年はバン、青い髪の少年はレイというそうだ。

「リーゼロッテさん。どうしました？」

「特別課外学習の許可は優秀《ゆうしゅう》な生徒の証《あかし》です。それを同学年で一番に得るというのは、名誉《めいよ》の証！　その方達だけに機会が与《あた》えられるのは不公平ですわ！　わたくしもテストを希望します！」

彼女の言う事ももっともではある。

機会は均等に与えられていいだろう。

ミリエラ校長もそう思ったようで、彼女の言葉に頷《うなず》いていた。

「それは、リーゼロッテさんの言う通りですね。ではあなたの参加も認めます。他にも参加したい方がいれば、受け付けましょう。ただし誰《だれ》でもとは言えませんし、相応の危険は覚悟《かくご》して頂きます」

ミリエラ校長がそう呼びかけ、他に何人かの生徒がテストを受けたいと申し出ていた。

その中には先程のプラムもいて――

「やめとけってプラム……！　お前鈍《どん》くさいんだから、一人で行ったら大怪我《おおけが》するぞ！」

「いいえ、やります……っ！」

「校長先生、こいつを止めてくれよ！」

「こちらの基準としては、プラムさんのテスト参加は許可します」

「ええぇ……！　じゃあ俺《おれ》も……！　俺は――!?」

「うーん……ごめんなさい」

「だよなぁ――はぁ……」

「大丈夫なの？」

イングリスは心配になりプラムたちに声をかける。

「大丈夫です。あなたには負けられませんから――」

「？」

何だか対抗《たいこう》意識を燃やされているようだが――？

あの後ラティはプラムに何と言ったのだろう。

ちゃんとした言葉をかけてあげれば、プラムも無茶《むちゃ》をしようとしないだろうに。

イングリスに彼女を止める権利もつもりもないので、別に構わないが。

「それではテストを開始しますよ。皆さん集まって下さい」

校長が皆の前に立ち杖《つえ》の魔印武具《アーティファクト》で地面をトンと叩くと、イングリス達の前に無数の扉《とびら》が浮《う》き上がるように現れた。

その光景に、周囲からおおっと歓声が上がる。

「すごい――」

魔素《マナ》の動きが複雑過ぎて、全く理解できない領域だ。

あの杖の魔印武具《アーティファクト》は余りにも様々な能力を発揮し過ぎているように思うが――実は似たような見た目の別物なのだろうか？

いずれ詳《くわ》しい事を知ってみたいものだ。

「さあ皆さん、好きな扉に進んで下さい。その先には皆さんそれぞれに相応《ふさわ》しい試練が待っていますから――」

イングリスは、一番手近な扉の前に立つ。

「ラニ、レオーネ。二人とも気を付けてね」

「うん、頑張《がんば》ろうね！」

「ええ。絶対にクリアして見せるわ！」

イングリス達はそれぞれの扉に入る。

中に足を踏み入《い》れると扉が閉まって消えてしまい――

そして薄暗《うすぐら》い空間に一人、取り残された。

「ここは……？」

ここが『試練の迷宮』なる異空間か――どんな敵と戦えるのだろう。

イングリスはわくわくとしながら、一歩を踏み出す。

よく分からない謎《なぞ》の空間ではあるが、奥《おく》の方に白い光の輝きが見える。

あそこを目指して歩いて行けばいいだろうか？

少し歩くと、目の前にふっと人影《ひとかげ》が。

それは先日倒したばかりの、魔印喰い《ルーンイーター》と呼ばれていた怪人《かいじん》だ。

「おお。これはいいね」

この空間は対象の記憶《きおく》の中から、敵を再現してくれるのだろうか。

手応《てごた》えのある敵と何度も戦えるのは、素晴らしい事ではないだろうか。

しかしイングリスがよしと身構えると、怪人はふっと歪《ゆが》んで姿を消してしまった。

「あれ……？」

仕方なくそのまま歩を進める。

今度は、血鉄鎖《けってつさ》旅団の首領である黒仮面が姿を見せた。

イングリスは再び身構えるが――それも姿を消してしまう。

「？」

それからも、色々な者がイングリスの前に姿を見せた。

血鉄鎖旅団の天恵武姫《ハイラル・メナス》のシスティア。

魔石獣《ませきじゅう》と化してしまった姿のセイリーン。

同じく魔石獣と化してしまった姿のラーアル。

元聖騎士のレオン。

この国の天恵武姫《ハイラル・メナス》のエリス。

だが皆、戦う前に姿を消してしまう――

「あ、ラニ」

小さい頃《ころ》のラフィニアもいる。

今も可愛《かわい》いが、やはり小さな子供の可愛らしさは格別だ。

イングリスはその姿に目を細める。

小さな頃のラファエルもいる。

父リュークや母セレーナの姿もある。

両親の姿を見せられると、やはり懐《なつ》かしい気持ちになる。

久しぶりに顔が見られて嬉しい。

しかし今のところ自分の記憶を見せられただけで、何の敵も現れないのだが――？

それももう赤子の頃の記録まで遡《さかのぼ》っている。

だがまだ、空間の先はあるようだ。

更に進んで行くと――

親を見失った迷子のような、不安そうな表情をしている大人たちの姿が。

「これは……！」

前世の、イングリス王の記憶だ。

居並ぶのは、王の崩御《ほうぎょ》を見守った家臣達だ。

「前世の記憶……」

彼等《かれら》の顔も懐かしいが、問《と》い質《ただ》したい事もないわけでもない。

「お前達は――わたしが去った後のシルヴェール王国をどうしたというのだ？　人が人を天の上から見下す世界など、作っていいと言った覚えはないぞ？」

武を極《きわ》める上では、物騒《ぶっそう》なこの世界は都合がいいが――

だからと言って、彼等にそうせよと命じたつもりもない。

決して前に進んだとは言い難《がた》い世界だ。何故《なぜ》そうなったのか？

しかしこれは異空間の生み出す幻《まぼろし》。

彼等に答えがあるはずもない。

「くく……あなたの時代は終わったのですよ」

「さよう。時代に取り残された王は、最早《もはや》必要ありません」

「再び眠《ねむ》らせて差し上げよう――」

数十に及《およ》ぶ家臣達が、一斉《いっせい》に武器を取り出しイングリスを取り囲んだ。

イングリスは身構えると、にやりと笑《え》みを見せる。

「おもしろい――お前達も、書類仕事ばかりで体がなまっているだろう？　稽古《けいこ》をつけてやるぞ。さぁ来い」

イングリスが手招きをすると、前後左右から一斉に家臣達が襲《おそ》い掛かって来る。

「はあぁぁっ！」

イングリスは後方に高く跳躍をする。

華麗《かれい》な身のこなしで宙返りをしつつ、後方から迫る敵の背中に蹴《け》りを叩《たた》き込んだ。

「ぐぉぉおっ⁉」

「うおあっ⁉」

蹴りで吹《ふ》き飛《と》んだ敵が左方向の敵と衝突《しょうとつ》――した瞬間《しゅんかん》には、既に高速で移動したイングリスが目の前に滑り込んでいる。

「もう一発！」

そこに中段の回《まわ》し蹴りで追撃《ついげき》する。

蹴られた二人の敵が残りの二人にそれぞれ当たり、もんどりうってその場に転がる。

「おおお……⁉」

と驚《おどろ》く別の家臣の目の前に、フッとイングリスの姿が現れる。

「余計な――！」

掌打《しょうだ》がその彼の腹に突《つ》き刺《さ》さった。

「な、なんと速い――⁉」

更に別の男の前に移動。

「口を――！」

今度は肘《ひじ》打ち！

「み、見えない……⁉」

「叩いておる場合かっ！」

背中側からぶつかる、体当たりが炸裂《さくれつ》した。

その家臣は空間の壁《かべ》に激突《げきとつ》し、そのままふっと歪んで姿を消す。

「やはりなまっておるな、お前達」

一分も経《た》たないうちに、イングリスは前世の家臣たちの影《かげ》を殲滅《せんめつ》していた。

それはいいのだが――

「……いけない。喋《しゃべ》り方《かた》が昔みたいになっちゃった」

ちょっと反省しつつ、先に進もう。

『試練の迷宮』の先はまだ続いている。

イングリスは更に歩を進めた。

その前に、赤髪の一人の青年が姿を現す。

これは、三十を少し過ぎたあたりの時だろうか。

だが年齢《ねんれい》より若々しく見える美丈夫《びじょうふ》だ。

「陛下――お久しゅうございます」

恭《うやうや》しく礼をし、イングリスの前に跪《ひざまず》いている。

「ランドール――」

イングリス王の後を継《つ》ぎ、シルヴェール王国の国王になったはずの男だ。

文武共に常人を遥《はる》かに上回る天性の才を持ち、その才能に驕《おご》る事なく自分より他者の事をまず考えられる男だった。

自分ではなく彼が神騎士《ディバインナイト》に選ばれていても不思議ではなかったと思わせるような、実力と精神を持ち合わせていた。

貧しい寒村でまだ少年だった彼を見出《みいだ》し、以来手元に置いて育て上げた。

天涯孤独《てんがいこどく》だったイングリス王にとっては、弟や息子《むすこ》に近いような存在だった。

イングリス王には子がいなかったが、後継者《こうけいしゃ》に相応しい者は育てたつもりだ。

それが彼、ランドールである。

「……どうしてこんな世界になったのか――尋《たず》ねても答えはありませんね？」

これは記憶を再現する空間だろうから。

自分の知らない情報を知る事はできないだろう。

「左様です、陛下」

言いながら、ランドールが剣を抜《ぬ》く。

「ならばかかって来なさい」

「ははッ！　参りますッ！」

そのランドールの踏み込みは、先程《さきほど》の家臣達より遥かに速い。

段違《だんちが》いと言っていい。が――

袈裟《けさ》斬り、からの回転しての横薙《な》ぎ、そして切り返し――

その全《すべ》てをイングリスは見切り、踊るような足捌《さば》きでかわしていく。

「だあああぁぁっ！」

気合を込めた連続突きも全て紙一重《かみひとえ》で避《さ》け――


ぴたり。


最後の一突《ひとつ》きを、指で挟《はさ》んで止めた。

「ぬうううぅぅっ⁉」

「……ダメですね。ここは」

仮にもランドールの姿を借りるなら、もっと強くして貰わないと困る。

この空間にはこの空間の、生み出せる強さの限界があるのだろう。

だから、完全に再現できないのは仕方がない。

とはいえ、この程度の者に国を継がせたと思われても困るではないか。

「あまり趣味《しゅみ》が良くありません」
呟《つぶや》きながらイングリスが放った上段蹴りはランドールを弾《はじ》き飛ばし、消滅《しょうめつ》させた。
「このまま進めば、また同じような事に――」
女神《めがみ》アリスティアの姿など出されたら――
かつてイングリス王は女神アリスティアに恋慕《れんぼ》に近いような感情を持っていた。
彼女を慕《した》うがあまり、勝手に操《みさお》を立てて生涯《しょうがい》独身を貫《つらぬ》いたのだ。
それを殴《なぐ》り飛ばすなどしたくない――
と、いう事は確実にそれが出るだろう。ここはそういう空間だ。
本人にとっての疑念や後悔《こうかい》や苦手意識――そういったものを見出して襲わせる。
それに打ち勝つのが、力だけでなく精神も問われるという言葉の意味だろう。
「正直に付き合う必要もない。か――」
イングリスは頭上を見て、掌をかざす。
そこに霊素《エーテル》が収束して行き、巨大《きょだい》な青白い光の弾丸《だんがん》を形成していく。
ここは魔印武具《アーティファクト》の生み出した異空間のようだが――
その魔印武具《アーティファクト》を上回る圧倒的《あっとうてき》な破壊力《はかいりょく》を叩きつけられたら？
それを今、試《ため》す！

「霊素弾《エーテルストライク》！」

バリイイイイイイイイイン！

ガラスの割れるような音を立てて、霊素弾《エーテルストライク》が空間の壁を破壊《はかい》して撃ち上がって行った。

上は何層にもなっているらしく、いくつもの空間の天井《てんじよう》を貫いていた。

「上があるなら、上に行ってみようかな」

イングリスが地を蹴ろうとした時——

「な、何ですの今のは……!?」

天井の穴から、騎士科《きしか》のリーゼロッテが顔を覗《のぞ》かせていた。

「なるほど。他の人の所に繋《つな》がったんだ」

イングリスはそう呟きながら地を蹴り、リーゼロッテの側に飛び上がった。

「こ、これはあなたがおやりになられたのですか……!?」

「うん。まっすぐ進むだけなのも嫌《いや》だったから」

「こんな得体の知れない空間を破壊するとは——そんな事ができるなんて……あ、あなたは何者ですの？」

「ただの従騎士だよ？　ラフィニア・ビルフォードの」

「それは存じておりますわ、イングリスさん。あなたは何につけても目立ちますもの」

「そう？」

「そうですわ。ですが、ラフィニアさんの従騎士ならば、彼女にあまり級友を嫌《きら》うものではないと仰《おつしや》っておいて下さいませ。わたくしは、ラフィニアさんを敵視するつもりはありませんのよ？」

「ああ……ラニはレオーネの事であなたに怒《おこ》ってたから」

「仕方がない事ではありませんか？　あの方自身よりもあの方の状況《じようきよう》を考えれば、迂闊《うかつ》に信用してはいけませんし、距離《きより》を置くのは当然でしょう？　わたくしも、これでも一国の宰相の娘です。用心深くなくてはいけませんのよ？」

「一応ラニには言っておくけど……それより調子はどう？　無事に出られそうだった？」

「あまりよろしくありませんわね——ここは嫌な事を思い出させてくれます。それにうんざりしていたところですわ」

　と、リーゼロッテはため息を吐《つ》く。

「わたしもだよ。だから無理やり別の出口を作ってみようかなって。一緒に行く？」

　イングリスは更《さら》に上に続く層を指差す。

「面白いですわね。この悪趣味《あくしゅみ》なテストの意図をぶち壊《こわ》してやる事ができるのですわね」

「うん、そうなるかな」

「では共に参りますわ。上に行くのですわね？」

「そうだよ。じゃあ行こう」

と、イングリスは更に上に飛び上がろうと腰《こし》を落とし――

「お待ちになって。その必要はありませんわ」

そう言うリーゼロッテの背中に、純白の翼《つばさ》が出現していた。

彼女の携《たずさ》える魔印武具《アーティファクト》は斧槍《ハルバード》の形状をしているが、その奇蹟《ギフト》がこの翼なのだろう。

「わたくしの手をお取りになって。上までお連れしますわ」

「ありがとう」

彼女の手を取ると、ふわりと体が浮いた。

いくつもの層を通《とお》り抜けて、上へ上へと進んで行く。

そして、ある層に差《さ》し掛《か》かった所で声が聞こえた。

「やめて！　お兄様に何をするの⁉」

小さな女の子の声？

「どきなさい！　あなたは間違《まちが》っているのよ！　そんな人庇《かば》わなくてもいいの！」

そしてこの声は――レオーネだ。

一体何が起きているのだろう――

「レオーネ……!?」

魔印武具《アーティファクト》の黒い大剣《けん》を構えたレオーネは、所々に手傷を負った様子で、荒《あら》い息をついていた。

向かい合っているのは、あれはおそらく小さい頃のレオーネ自身だろうか？　その面影《おもかげ》がある。

必死の表情で両手を広げ、何かを庇うようにレオーネの前に立《た》ち塞《ふさ》がっている。

後ろにいるのは、恐《おそ》らく少年の頃のレオンだろうか。

「やめて！　お兄様は聖騎士になったんだから！　皆の希望なんだから！　なんでこんな酷《ひど》い事をするの!?」

小さなレオーネは涙《なみだ》ぐみながら、レオーネを止めようと懇願《こんがん》している。

「そんなの見せかけ！　意味のない事よ！　いずれあなたにも分かるわ！」

レオーネは小さなレオーネに向かって剣を振《ふ》り上《あ》げようとする。

これがこの空間の生み出す影だと分かっていても、過去の自分自身を斬《き》らなければならないのは辛いだろう。

「おのれ、我《わ》が息子が聖騎士を拝命した記念の日に！」

「皆さん！　レオンを……！　レオンをお守りください！」

そう言ったのは、レオンとレオーネの両親だろうか。

「お父様、お母様……！」

レオーネは唇《くちびる》を噛《か》んで感情を押し殺《ころ》している様子だった。

その彼女を、更に騎士《きし》達《たち》が取り囲む。

「レオン様をお守りしろッ！」

「おのれ賊《ぞく》めが！　我がアールメンの誇《ほこ》りを奪《うば》い去ろうというのかッ⁉」

「命に代えてもやらせんぞっ！」

きっとこの空間においては、レオーネにとっては自慢《じまん》だったであろう兄レオンに関する記憶の全てが、敵に回るのだろう。

かなりの激戦を潜《くぐ》り抜けてきた証に、レオーネは多くの手傷を負っているし、魔素《マナ》もかなり消耗《しょうもう》している様子だ。

「何を言っても無駄《むだ》よ！　私はあなた達を倒して進む！　レオン兄様を倒すのよ！」

それは自分自身に言い聞かせているかのようでもあった。

自分の中にある楽しかった思い出も、誇らしい栄光も、全てを否定しなければならないのだと、そうレオーネの心は叫《さけ》んでいるのだ。

その様子は悲壮《ひそう》であり、痛ましいと言わざるを得ない。

心が傷ついている者にこそより凶悪《きょうあく》に牙《きば》を剥《む》くこの空間は、やはり悪趣味だ。好きになれない。

「このような思い出まで敵に回るという事は、あの方は本気で国を裏切った兄君を……」

何か感じ取るものがあったのか、リーゼロッテが難しい顔で呟いていた。

「わたし、レオーネを助けて来るから。先に行っててていいよ」

イングリスはリーゼロッテの手を離《はな》して身を躍《おど》らせる。

「かかれっ！」

「おうっ！」

「うおおぉぉおっ！」

その時、敵が一斉にレオーネに襲い掛かっていた。

「一気に斬り捨《す》ててやるわっ！」

レオーネは黒い大剣の魔印武具《アーティファクト》に力を込める。

恐らくは、剣を巨大化《きょだいか》させて一気に広範囲《こうはんい》を薙ぎ払《はら》おうとしたのだろう。

相手が多数の場合はそうするのがレオーネの戦い方のはずだ。

だが魔印武具《アーティファクト》は一瞬《いっしゅん》刀身を輝《かがや》かせただけで、何の変化も起きなかった。

「くっ……!? 力が尽《つ》きたって言うの!? そんなのダメよ！ まだ戦うのよ！」

これまでの戦いで消耗し過ぎたのだろう。

もう魔印武具《アーティファクト》の形状変化を起こすだけの魔素《マナ》が供給できないのだ。

そんなレオーネに、騎士達は一斉に襲い掛かっている。

レオーネは左右から襲いかかって来た騎士の剣を、大剣の先を地面に刺《さ》すようにして二人分受ける。

上級魔印武具《アーティファクト》で強化された力がそれを可能とするのだが――

「もっと来い！ 集団で押《お》し込め！」

「「おおおおおっ！」」

更に四、五人の騎士達が剣をぶつけてレオーネを押し込む。

「くううぅっ……！」

元々魔素《マナ》にも限界の近いレオーネは、押し返《かえ》せずに両者が拮抗《きっこう》する。

「今だ背後を取ったっ！」

背後に騎士が一人回り込む。

「だから何だって言うのよっ！」

踊《おど》りかかって来る騎士の腹部に、レオーネの強烈《きょうれつ》な蹴りが突き刺さる。

背後の敵は撃退《げきたい》したが、問題は前面。

今の拍子《ひょうし》にレオーネは押し込まれ始め、二、三歩と後ずさりする。

「くっ……！」

完全に姿勢が乱れた。このまま押し込まれる――！

そこに、真横から高速で突っ込む影がある。

「うおぉぉぉっ！　我が命に代えてもレオンは守るぞっ！」

短槍《たんそう》を携えたレオーネ達の父が、裂帛《れっぱく》の気合と共に突きを繰《く》り出《だ》す。

他の騎士達に比べ一段勝《まさ》る速度と威力《いりょく》だった。

「お父様……っ！」

それを避けられないと感じた瞬間、レオーネの瞳《ひとみ》にはそれまで堪《た》えていた涙が滲《にじ》んだ。

その歪んだ視界の中にふっと割り込んで来たのは――

月の輝きを織り込んだかのような鮮《あざ》やかな銀髪《ぎんぱつ》だった。

「お邪魔《じゃま》いたします」

レオーネ達の父の横面《よこつら》に、イングリスの掌打がまともにめり込んでいた。

「ごああぁァァァッ⁉」

ぐにゃりと変な角度に顔が歪むと、そのまま吹き飛んで空間の壁に激突した。

悲鳴の余韻《よいん》だけを残して、その姿が掻《か》き消えて行く。

続いてレオーネを押し込もうとしていた騎士達の真横に突っ込み、蹴りを一閃《いっせん》、二閃。

「「ぐわぁぁぁっ⁉」」

レオーネを押し込もうとしていた騎士達が壊滅《かいめつ》する。

「まだまだです……！」

更に他の騎士達にも突っ込み、掌打や肘打ちを見舞《みま》って行く。

「な、何者……⁉　ぐわっ⁉」

「み、見えない――っ⁉」

「天は我々を見放したのかぁぁぁっ⁉」

反応すらできずに、敵は次々と吹き飛ばされて消滅して行った。

「寄《よ》って集《たか》って少女ひとりを襲うようでは、そうなるでしょうね」

イングリスは消えて行く騎士達の影に、そう言葉を贈《おく》る。

「い、イングリス……⁉」

「うんレオーネ。偶然《ぐうぜん》通りかかったけど、間に合ってよかった」

「ど、どうやってここに来たの……？」

「空間の壁を壊して進んでたら、ここに繋がってたんだよ」

「ははは……そんな事できるなんて、無茶苦茶《むちゃくちゃ》ね。絶対テストの主旨《しゅし》を無視してるわよ」

「いいんだよ、ダメとは言われてないし。それより大丈夫だった？」

イングリスは滲んだレオーネの涙を指で拭《ぬぐ》い、頭をぽんぽんと撫《な》でる。

「あ……え、ええ。大丈夫よ。ありがとう――」

「そう、よかった」

そんなイングリス達《たち》の前に、立ち塞がる影が。

「お兄様はやらせない！　お兄様だけは……！」

最後に残ったのは、小さなレオーネの影と、その背後の少年のレオンの影だ。

「まだ……！」

「いいよ、わたしがやるから」

と、イングリスはレオーネを制したが、動き出す前に――

ドシュ！　ドシュユウゥッ！

飛んで来た何かが、小さなレオーネと少年のレオンを貫いていた。

二人の姿が、大きく歪んで消えて行く。

「?」

「こ、これは——」

その場に突き立っていたのは、白銀に輝く斧槍《ハルバード》だった。

「あ、あなたは……」

「リーゼロッテ? 手伝ってくれたんだ」

リーゼロッテが、突き立った斧槍《ハルバード》を取りにすたすたと歩いて来る。

「ご本人もお友達もやり辛いでしょう? わたくしがやった方がいいと思いまして」

「うん、助かったよ」

「あ、ありがとう……」

恐る恐る礼を言うレオーネに、リーゼロッテはちらりと視線を送る。

「……まだ、完全に信用するとは言えませんが——先日あなたを傷つけたであろう事は謝罪しておきますわ。済みませんでした」

「え、ええ……」

レオーネが驚いた様子できょとんとしている。

「意外といい子なんだね、リーゼロッテって」

「意外と、は余計ですわ」

イングリスの言葉に、リーゼロッテはぷいと顔を逸《そ》らして言った。

怪我《けが》の功名とは言うが、意外とこうなって良かったかも知れない――

イングリスはそう思うのだった。

◆◇◆

イングリス達は、レオーネのいた階層から更に上へと向かった。

リーゼロッテが魔印武具《アーティファクト》の力でイングリスとレオーネを連れて飛んでくれた。

そうして一番上の方まで飛んで行くと、突き破《やぶ》られた天井の奥に白い光の煌《きら》めきが現れた。

三人がそれに触《ふ》れると――

次の瞬間には元のアカデミーの校庭のリング上に戻《もど》っていた。

「ん？　外に出たみたい」

「あ……ほ、本当ね」

「そのようですわね」

背後には、入った時と同じような扉が見える。

「お帰りなさい！　でもあれぇ？　入った時と違《ちが》う扉から出てきましたねえ？　しかも三人同じ扉だなんて……？」

「特に変わった事はありませんでしたが？」

「そうですかあ？　うーん、私の調子が悪いんですかねえ」

と、ミリエラ校長が首を捻《ひね》っていた。

「大嘘《おおうそ》ですわね――強引《ごういん》に出口をこじ開けましたのに」

「そうよね……途中《とちゅう》で私も助けてるし」

「皆《みな》合格の方がいいし、ね。再テストとか嫌でしょ？」

「ですわね。ここは口裏を合わせますわ」

「うん。あれをもう一度は嫌だわ」

三人は声を潜《ひそ》めて打ち合わせをする。

「校長先生。わたしたちは合格という事でよろしいのですか？」

「うーん……扉から出てきましたし、そう判断するしかありませんねえ。ではイングリスさん、レオーネさん、リーゼロッテさんは合格ですね！　ご苦労様でした」

ミリエラ校長が宣言すると、すかさずリーゼロッテのお付きの二人が駆《か》け寄って来る。

「お嬢様《じょうさま》！　お見事っす！」

「流石《さすが》でございます！」

「ま、大した事はございませんでしたわね」

「しかしそこの女と一緒《いっしょ》で大丈夫《だいじょうぶ》っすか？」

「何か御身《おんみ》に対して企《たくら》んでおるやもしれません」

二人はレオーネを横目で見ながら言う。

レオンの妹という事で、相当警戒《けいかい》している様子だ。

「お止《よ》しなさい。わたくしの身を案じるのは結構ですが、彼女《かのじょ》をなじる意味もありませんわ」

「は？　はぁ……了解《りょうかい》っす」

「お嬢様がそう言われるのであれば」

二人は少々驚いた様子だったが、頷《うなず》いていた。

「さ、少し休みましょう。少々疲《つか》れました。後は高みの見物ですわ」

と、リーゼロッテは石板のリングを降りて行く。

「すぐにお座《すわ》りになれるものを用意しまっす！」

「お飲み物もお持ちいたしましょう」

お付きの二人が甲斐甲斐《かいがい》しく彼女の世話を焼いていた。

その様子を見ているレオーネの肩《かた》に、イングリスはぽんと手を置いた。

「辛《つら》かっただろうけど、レオーネの事ちょっと分かって貰《もら》えたかもしれないね」

「うん……そうだといい、かな。それよりありがとう、助けてくれて。あの時何だかイングリスが本当に格好《かっこ》よく見えて、ドキッとしちゃったわ。変よね、女の子なのに――」

「ははは、まあ格好いいは誉《ほ》め言葉だよね」

やはり最終的には精神は男性なので、そういう面が伝わるのだろうか。

良くは分からないが、特に悪い気はしない。

「ラニはどうしたのかな――」

イングリスはラフィニアの姿を捜す。

見渡《みわた》してもその姿はない。

代わりにリングを降りた所にいるラティの隣《となり》にプラムの姿を見つけた。

「合格したの？」

「いや、真っ先に失格してたぞ？　失格すると穴が開いて放《ほう》り出されてくるみたいだぜ」

「そうなんだ」

「うう……負けられないはずだったのにぃ――」

プラムはしょんぼりしていた。

「お前鈍《どん》くさいし、上級印の魔印《ルーン》だっつっても、一人で戦うのに向いてないだろ？　まあ仕方ねえよ、元気出せ」

「じゃあ可愛い、って言ってくれたら元気出ますから言って下さい」

「はぁ!?　馬鹿《ばか》お前そんなもんそう簡単に……！」

「イングリスちゃんには言ったじゃないですか～！」

「……まだやってたんだ」

ラティもさらっと言ってしまえばいいのに、と思うが理解できなくもない。

少年の心とは、そういうもの。好きな子には素直《すなお》になれないのだ。

イングリスの事はそういう目で見ていないから、逆に素直に思った事が言えるのだ。

こういう事は時間が解決するのだろう。

「とにかく、ラニはまだみたいだね」

「そうみたいね。待ちましょう」

しかしただ待っているのも、少々退屈《たいくつ》である。

こういう空き時間にこそ、何かしらの鍛錬《たんれん》を——と考えて思いつく。

「校長先生。よろしいですか？」

「どうしましたか、イングリスさん？」

「ラニを待っている間、この間の高重力負荷《ふか》の影響《えいきょう》下で訓練したいのですが、お願いできませんか？」

「え？　あれですか？　まぁできますけど——今やるんですか？」

「はい！　お願いします、なるべく強くでお願いします！」

「まあ約束もしていましたしね、構いませんよ。ではリングのそちら側半面にかけますので、かかりたくない人は離れて下さい。今回は別に魔印武具《アーティファクト》の力も使って構いませんから、ご自由にどうぞ」

と、ミリエラ校長が周囲に呼《よ》び掛ける。

「私も付き合うわよ？　訓練は大事よね」

「わたくしも、ですわ。あなた方には負けていられません」

「お嬢様！　俺達《おれたち》も！」

「お供いたします」

「わ、私もっ！」

「やめとけってプラム……！　あーしゃあねえ俺《おれ》も――」

レオーネ達もイングリスに付き合う気のようだ。

「それでは行きますよぉ――現時点での最大出力っ！」


ドゥゥウゥウンッ！


想像を遥かに上回る負荷が体にかかる。

「ぐ……っ!?　こ、これは凄《すご》いですね……！」

イングリスの場合、自分自身に既《すで》に高重力負荷をかけている。

その相乗効果もあり、体が鉛《なまり》のように重い――などという言葉を遥かに上回る負荷だ。

下手をしたら、自分の重さで自分が潰《つぶ》れそうである。

何とか膝《ひざ》をつかずに踏《ふ》み止《とど》まれはしたが――

しかしこの魔素《マナ》の動きのパターン。どうすればより負荷を上げられるのかをしっかり覚えておこう。再現できれば、より自己鍛錬《たんれん》の強度も上がる。

「ぐえええぇぇ……!?　立てん動けん死ぬうぅぅうっ……！」

ラティはべたんと倒《たお》れ伏《ふ》し白目を剥きそうになっていた。

「ラティ！　あっ……きゃんっ⁉」

プラムが躓《つまず》いてラティの上に尻餅《しりもち》をついた。

「ぎょえぇぇぇぇ……」

あれはかなり辛そうだが――

「だ、ダメだ動けねぇっす……！」

「お嬢様ご無事ですか……？」

バンとレイは完全にへたり込んでいる。

「な、なんとか……ですわ」

「ううう……凄い重さね――」

リーゼロッテとレオーネは、膝を地面につきながら何とか立ち上がろうとしている。

しかし誰《だれ》もすぐに動けそうにない。

とりあえずラティは危険なので、外に出してあげた方がいいだろう。

イングリスは自分自身にかけている高重力負荷を切った。

ミリエラ校長の魔印武具《アーティファクト》の力だけになると、大分動きやすくなった。

「はあっ！」

試しに跳躍《ちょうやく》してみる。ちゃんと体は浮《う》いた。

くるりと宙返りし、ドスンと重い音を立てて着地する。

「「「えええええっ⁉」」」

見ているレオーネ達からは驚愕《きょうがく》の声が上がる。

とてもそんな事ができるような重みではないと、身をもって感じていたからだ。

「よっと……！　大丈夫？」

イングリスはラティに近づいて抱《だ》き上げ、高重力の外に運ぶ。

「ははは……情けねえ、お姫様《ひめさま》にお姫様抱《ひめさまだ》っこされてるぜ――」

「いいんだよ。これからは男女平等だからね」

続いて動けそうにないバンとレイとプラムも範囲外《はんいがい》に運んだ。

「ふう。この中だとこれだけでも結構重労働だね」

イングリスは額に少し滲んだ汗《あせ》を拭いた。

それを見るレオーネとリーゼロッテは、言葉を失っていた。

「し、信じられない……こんな中であんなに軽く動けるなんて――」

「しかも魔印《ルーン》もない従騎士なのに……常識がまるで通用しませんわ」

ミリエラ校長も目を丸くしている。

「本当にすごいですね……この重さでこんなに動ける人は見た事がありませんよ」

「ありがとうございます。二人も外に運ぼうか？」

「大丈夫よ。自分で何とかしてみる……！」

「負けてはいられませんもの――！」

二人は歯を食いしばって、何とか動き出す。

「うんうん。仲間から刺激《しげき》を受けて、自分も鍛《きた》える！　美しい姿ですっ！　頑張《がんば》って下さいね♪」

ミリエラ校長はレオーネとリーゼロッテの根性《こんじょう》を見て嬉《うれ》しそうだ。

と、そこに――ふっと何の前触《まえぶ》れもなく扉《とびら》が出現する。

それが開いて姿を見せたのはラフィニアだった。

「あれ？　外に出た……っうぎゅううぅっ⁉　ちょ……何これえぇぇ⁉」

「あ。ラニ。おかえり、無事みたいだね？　良かった」

扉から出てきたら合格のようなので、合格だろう。

出口が高重力のど真ん中なのは、不幸な事故だったが。

「無事じゃないわよっ！　重いぃぃ！　クリス助けてえぇぇっ！」

「はいはい。今行くね」

「ダメよ、ラフィニア！　自分の力で立つのよ！」

「頼《たよ》ってはいけませんわ！」

「そうですよラフィニアさん、ファイトです！」

「えええええ？　校長先生まで、何の騒《さわ》ぎなんですか……!?」

出てきたばかりのラフィニアは、非常に不満そうだった。

ともあれイングリス達はテストに合格し、ランバー商会のファルスからの依頼《いらい》を受ける事を許可されたのだった。

天上領《ハイランド》に対する物資献上《けんじょう》の日がやって来た。

アカデミーの生徒達は、今日は手薄《てうす》な騎士団《きしだん》の応援《おうえん》という事で現場の周辺警護を手伝うらしい。

が、イングリス達は特別課外学習の許可を得ている。

ランバー商会のファルスの依頼通り、取引に臨《のぞ》む彼等《かれら》を直接護衛する事になった。

朝一番に、イングリスはラフィニアとレオーネと共に、ファルスの下《もと》を訪ねた。

集合場所はボルト湖に面する港だった。

そこには機甲親鳥《フライギアポート》が用意されており、商会の用意した物資はそこに積み込まれて行った。

積み込みが終わると機甲親鳥《フライギアポート》は空に飛び立った。

商会のリーダーであるファルス他《ほか》数人の幹部たち、そして彼等の護衛役のイングリス達も同乗している。

「随分昇《ずいぶんのぼ》って来たわねー。すっごく高いわ！」

機甲親鳥《フライギアポート》の縁《へり》から見下ろすラフィニアが、声を弾《はず》ませる。

ボルト湖の青く澄《す》んだ湖面が水たまりくらいの大きさにしか見えず、隣接《りんせつ》する王都の街並みも豆粒《まめつぶ》のようである。

「うん。雲に届きそうだね。すごい――」

ここまで空高く昇《のぼ》ったのは初めてで、この何とも言えない感覚が新鮮《しんせん》である。

前世でもこんな体験はした事がない。

「ちょっと怖《こわ》いけどね……」

と、レオーネは少々足が竦《すく》んでいる様子だ。

「だったら早く慣れないとね。ほらほらっ！　グッと身を乗り出して外見て！」

「きゃー!?　ちょっと止めてラフィニア！　怖いからっ！」

「まあいずれは慣れないとだね。この高さで戦う事もあり得るんだし」

そんなイングリス達を見て、ファルスは目を細めていた。

「ははは。今日は待ち時間も華《はな》やかでいいわなー」

そのファルスにイングリスは尋《たず》ねる。

「ファルスさん、先程《さきほど》から動きがないようですが？」

周辺にも物資が積まれた機甲親鳥《フライギアポート》が展開しているが、そのどれにも動きがなく、この高度で滞空《たいくう》していた。

他の機甲親鳥《フライギアポート》には、王国が用意した物資が山積みのようである
今回の受《う》け渡《わた》しの王国側の責任者は、リーゼロッテの父のアールシア宰相《さいしょう》だと聞いた。

どこかの機甲親鳥《フライギアポート》に搭乗《とうじょう》しているのだろう。

基本は王国と天上領《ハイランド》との受け渡しに、特別に民間からランバー商会も参加している、という状況らしい。

「ま、お偉《えら》い方々は下々の者を待たせるのが常ってもんだからな。待ってりゃそのうち来るよ、天上領《ハイランド》の空飛ぶ船がな」

ファルスは額に巻いたバンダナをごしごしと擦《す》りながら言う。

果たして彼《かれ》の言う通り――――暫《しばら》く待つと、雲をかき分け巨大《きょだい》な空飛ぶ船が姿を現した。

船首に衝角《しょうかく》、船体の至る所に砲門《ほうもん》を備えた戦艦《せんかん》である。

「すごい……！」

海上ですら、あんなに巨大な船は見た事がなかった。

一体いくつの機甲鳥《フライギア》や機甲親鳥《フライギアポート》を搭載《とうさい》できるのだろうか。

「うん、本当ね――――中はどうなってるのかしら」

「貴重な見学の機会よね。しっかり見ておかなきゃ」

ラフィニアとレオーネも気を引《ひ》き締《し》めていた。

そして天上領《ハイランド》の空飛ぶ船が接近して来て滞空すると、地上からの物資を搭載した機甲親鳥《フライギアポート》が次々とその甲板《かんぱん》に降りて行く。

無論、イングリス達の機甲親鳥《フライギアポート》も例外ではない。

「積み荷を改めさせて貰う。お前達は中に入って待て」

天上人《ハイランダー》の役人らしき男が近寄ってきて、そう指示をした。

その男の左右には、生気を感じない全身鎧《よろい》の人影《ひとかげ》がついている。

護衛という事だろうか。

天上人《ハイランダー》は他にも数人甲板上に出て来ていて、やはり護衛らしき者が付いている。

「さ、行こうぜ」

ファルスは、皆を先導して船室に下りて行こうとする。

「ファルスさん。あの護衛の鎧の兵士は、元は地上の――？」

階段を降りつつ、イングリスは小声で尋ねる。

「ああ。地上の人間だな。地上から奴隷《どれい》を買ったり攫《さら》ったりして、ああやって手駒《てごま》にしてんだな。進んで前線で戦いたがる天上人《ハイランダー》なんて少ないだろうからな」

「……ラーアルが連れていたのと似たようなものね」

「酷《ひど》い話ね――天上人《ハイランダー》がやりたくない事は、地上から人を連れて来てやらせるのね」

ラフィニアとレオーネが眉《まゆ》をしかめている。

確かに、嫌《いや》な話である。

「天上人《ハイランダー》がわざわざ俺達みたいな商人とも取引を持つのは、国王様にゃ要求しにくいモンを調達させるためなんだぜ。つまり奴隷や何かの類《たぐい》だ。ウチも先代の頃《ころ》はそういう取引をしてた。だから先代やラーアルさんは功績大ってな事で天上人《ハイランダー》になれたんだな。俺の代になってからは、そいつはやってねえがな」

と、ひょいと肩をすくめて語るファルスは少々興奮していたらしく、道を間違えてしまったようだ。

曲がり角を曲がった所で、ドンと何かにぶつかってしまった。

それは、ずんぐりとした人型をした黒鉄の塊《かたまり》――天上領《ハイランド》製のゴーレムだった。

「……！　いけねっ――!?」

ぶつかって来たファルスを侵入者《しんにゅうしゃ》と見做《みな》したか、大きな拳《こぶし》を振りかぶる。

それが唸《うな》りを上げてファルスに迫《せま》り――途中でぴたりと止まる。

イングリスの白魚のような手の前で、全く動けず硬直《こうちょく》していた。

「離れて下さい。ファルスさん」

「あ、ああ……！　済まない！」

離れるファルスを見てから、イングリスも黒鉄のゴーレムから離れる――

が、ゴーレムの方から追いかけて来て攻撃《こうげき》を続けてくる。

一度攻撃《こうげき》を始めると止まらないのだろうか？

「勝手に壊《こわ》しては問題になるかも知れません。許可を取って貰えますか？」

「分かった、少し待っててくれ！」

「クリス、大丈夫⁉」

「うん。いい気晴らしになるよ？　むしゃくしゃしたら体を動かすのがいいから」

イングリスはゴーレムの攻撃を受け流しながら応じる。

そしてファルスが天上人《ハイランダー》を呼びに行き、許可を得ると――

「では――――！」


ガアァァァン！


イングリスの拳がゴーレムを撃《う》ち轟音《ごうおん》を立てた。

ビシビシと黒鉄にヒビが入り、やがてガラガラと崩《くず》れ落《お》ちる。

「すげえ……！　なんて力だ――」

「ま、魔石獣《ませきじゅう》じゃない相手だと――」

「こうなるのね……」

「うん。すっきりしました。では行きましょう」

イングリスはにこりと笑《え》みを見せた。

その後は道を間違《まちが》えずに進み、本来待機するはずだった船室にイングリス達は向かう。

「ここですか？」

入口に天上領《ハイランド》の鎧兵士と、カーラリア王国側の騎士《きし》の両方が立っている。部屋の奥《おく》をちらりと覗《のぞ》くと、正式な騎士達に身辺を警護された要人らしき人影があった。あれがリーゼロッテの父でもあるアールシア宰相だろうか。

「こっちは宰相様やお偉方《えらがた》の部屋だよ。俺達は奥だ」

「部屋、分かれてるんですね。何か美味《おい》しそうな料理が置いてあるのに……」

「ははは。きっと俺達の部屋にもあるさ」

ラフィニアが指をくわえている。

「本当ですか？　じゃあ行きましょ！　ね、クリス！」

「うん」

ラフィニアに手を引かれて奥の部屋に入る。

そこは先程見た部屋よりも狭《せま》く、食事も用意されているがあちらほど豪華《ごうか》でもない。

「……待遇《たいぐう》に差があるわ！」

「そうだね――でもこれはこれで美味しいね」

文句を言いながらも、早速《さっそく》手をつけるイングリスとラフィニアだった。

「まあまあ、俺達みたいな下賤《げせん》の者にゃあ聞かれたくねえ話もあるだろうし、我慢《がまん》しようぜ。特に今回はヤバい取引があるかもって噂《うわさ》だしな――」

「ヤバい取引って何ですか？」

レオーネがファルスに尋ねた。

「……俺が言ったたって言うなよ？　それからあくまで噂だからな？」

「はい。イングリスとラフィニアもいいわよね？」

「『ふみゅ（うん）』」

「……もう、そんなに口一杯《いっぱい》に食べなくても――」

「ま、まあ成長期だからな。腹も減るだろう」

「だからって、あれだけ食べて二人とも太らないのはずるいわよね――まあそれは置いておいて、聞かせてください」

「……領土だよ。シェイザーの街とその周辺一帯の統治権を渡すって話だ」

「……！　くりしゅ、しょれってぇ……！（クリス、それって……！）」

「ふみゅ。りゅんちゃあのしょこりょとおにゃじ……！（うん。リンちゃんの所と同じ……！）」

「……そんな事、ウェイン王子がお認めになるんですか……？」

「なんで王都の警備も手薄な今こんな取引が行われると思う？　反対派のウェイン王子が王都を空けてるからさ。狙《ねら》ってやってんだよ。だがその分この現場の警備は手薄になるだろ？　そこを血鉄鎖《けってつさ》旅団みたいなのに狙われたらやべえってわけだ」

「……じゃあ逆に、血鉄鎖旅団には絶好の機会――」

レオーネにとっては、それは喜ばしい事である。

レオンが現れたら、この手で――！　そう強く思っているのだろう。

「だな。それに取引を仕切ってる天上領《ハイランド》のミュンテー特使様はめちゃくちゃ評判悪いからな。それにキレてるやつが、ヤツを殺《や》って血鉄鎖旅団の仕業《しわざ》に見せかけたりするって事も考えられるぞ。つまり何が起きても不思議じゃねえ危険地帯なんだよ、ここは」

「にゃるほりょ……（なるほど……）」

「ゆりゃんできゃにゃいわにゃ――（油断できないわね――）」

「もう、ちゃんと口の中のもの飲み込んでから喋《しゃべ》りなさいよ。行儀《ぎょうぎ》が悪いわよ」

と、レオーネに注意されてしまった。

「んっ……つまり、楽しめそうだって事だよね？」

「あーあ、意外と何も起こらないって期待しちゃダメなのかしら」

「そいつはアレを見て考えたらどうだい？」

と、ファルスが小声で言って部屋の入口に目線を送る。

そこに、人影が現れていた。

天上人《ハイランダー》の証《あかし》である額の聖痕《せいこん》を備えた、極度の肥満体の男だった。

その背後には、護衛らしき白い長髪《ちょうはつ》の大男が控《ひか》えている。

こちらには聖痕はなく、がっしりした体格で異様に目つきは鋭《するど》かった。

その纏《まと》う雰囲気《ふんいき》はかなり独特で、相当な実力が窺《うかが》い知れた。

むしろこの天上人《ハイランダー》より護衛の方が只者《ただもの》ではない、と思う。

「ホーヒョヒョ。ご苦労じゃなファルスよ」

「ははーっ！　ミュンテー様にはご機嫌麗《きげんうるわ》しゅうございます。今回も私共からの献上をお受け下さりありがとうございます」

「うんむう。下種《げす》な商人共の方が下種な品物を手に入れるには向いておるからなァ。わしゃあ頭の柔《やわ》らかい男じゃて、今後ともわしの下僕《げぼく》として働くがええ」

「ははッ」

「んで、その連れは何じゃ？　見ない顔じゃあの？」

「新しく雇《やと》った護衛です。騎士アカデミーの生徒さんで」

「ほうほうほうほう……！」

とミュンテーと呼ばれた天上人《ハイランダー》はイングリスににじり寄って来た。

「おうおうおう……！　何ちゅう綺麗《きれい》な娘《むすめ》じゃ、こりゃあ上玉じゃのぉ！」

言いながら、イングリスの髪《かみ》に手を伸《の》ばしてくる。

「⁉」

ぺし。

無論イングリスはその手を払《はら》うのだが、ミュンテーは全くへこたれなかった。

「それにええ香《かお》りじゃわなぁ。あーたまらん！」

くんくんくん、と犬のようにイングリスの匂《にお》いを嗅《か》いで見せる。

「う……⁉」

流石に気持ち悪さを感じて後ずさりする。

「久しぶりに興奮してきたぞォ！」

ごく当たり前のように、イングリスの胸元《むなもと》に手を伸ばしてくる。

「ひゃ……!?」

驚《おどろ》いて声を上げてしまったが、お触《さわ》りを許すはずもなく、イングリスは相手の腕《うで》を掴《つか》んで捻《ひね》り上げた。

「あぎゃぎゃぎゃぎゃぎゃ!? 何をする!?」

「こちらの台詞《せりふ》なのですが……!?」

その時、護衛の白い長髪の男がイングリスの手を引き離《はな》そうと掴んだ。

かなりの力だ――が、イングリスは手を離さない。

単純な力比べの様相だ。向こうは手を離させようとする。こちらは離さない。

「お、おい早くわしを助けんか……!」

「や、やってい……マスが――!?」

ややおぼつかない話し方で、男が応じる。

「お、お前より力が強いのか……!?」

「おいおいちょっと待ってくれ！　ミュンテー様も困りますよ！　この子は護衛であって娼婦《しょうふ》や何かじゃないんですよ！　済まん放してやってくれ、イングリスさん！」

「……分かりました」

　イングリスが手を離すと護衛の男も手を放し、ミュンテーは自分の手にふうふうと息を吹《ふ》きかける。

「い、イングリスちゃんじゃの。おぬし、何か欲《ほ》しい物はないか？　金でも宝石でも食い物でも権力でも何でもやるぞ？　何でもやるからわしのものにならんか？　ん？」

「ふふふ……では、あなたの命を頂けますか？」

　イングリスがそう応じると、ミュンテーはひいっと一声上げて逃《に》げ去《さ》って行った。

と、ファルスはミュンテーが去った部屋で肩をすくめる。

「ま、見ての通りだ。俺の言った事が分かっただろ？」

「ええ。よく分かりました──」

「とんでもないわね、あんなの女の敵よ！」

「ずっとあの調子じゃ、命を狙われもするでしょうね……」

「まぁ、あんなのにへーコラしてる自分が情けなくなる時もあるが、商売だからな。それより不愉快《ふゆかい》な思いをさせて済まん」

　ファルスが申し訳なさそうに頭を下げる。

「いえ、依頼を受けてここにいるわけですし」

「だけど、どうしてあんな奴《やつ》が天上領《ハイランド》の特使なんですか？　天上人《ハイランダー》にもいい人がいないわけじゃないし。あたし達《たち》はそれを知っているもの」

「俺が知ってる天上人《ハイランダー》は、大かれ少なかれあんなもんだぞ？　君が知ってるって人は凄く特殊《とくしゅ》だろうぜ？」

と、ファルスはラフィニアの発言に首を振《ふ》った。

「どいつもこいつも大差ねえって前提で物を言うけどさ、あのミュンテー様ってのは話は分かる方なんだ。機甲鳥《フライギア》や機甲親鳥《フライギアポート》の下賜《かし》を解禁させたのはあいつだからな」

「なるほど……下種は下種でも役に立つ下種だという事ですね？」

「ああ、そういうこった」

「ですが、領土の献上には反対だと言うウェイン王子は機甲鳥《フライギア》については熱心なようでしたが――」

「ま、片方で綺麗事《きれいごと》を言い片方でその利益にはご執心《しゅうしん》って非難するやつもいるよな」

「……お詳《くわ》しいですね」

「騎士や貴族のお偉方が大っぴらにこんな事言えねえだろ？　部外者の商人にグチこぼすくらいなら、世間話で済むわな」

ファルスは王都の政情にも通じているようだ。

「王国の中枢《ちゅうすう》は一枚岩ではない――と？」

「ああ。国王陛下とウェイン王子の間は不穏《ふおん》だぜ。アールシア宰相は現宰相だから当然国王派だな。さっきも言ったように、王子派の大半は今この王都を空けている」

「ならば、逆に王子派からの妨害《ぼうがい》が入ってもおかしくない状況《じょうきょう》ですね」

「でもクリス。ウェイン王子はラファ兄様とも仲がいいし、そんな事する人だとは思いたくないわ」

「私も。そんな汚《きたな》い事をするのは血鉄鎖旅団だけでいいわ」

「うん。そうなんだけどね」

「だがそれだけじゃねえんだぜ？　天上領《ハイランド》だって一枚岩じゃねえんだ。機甲鳥《フライギア》や機甲親鳥《フライギアポート》の地上への下賜を解禁しちまったミュンテー達に反対する奴等《やつら》もいるって聞くぜ？」

「天上領《ハイランド》側の反対派もいる――と」

「ああ」

「血鉄鎖旅団に、王国側の王子派、天上領《ハイランド》の反対派、それに個人的な怨恨《えんこん》の線――これだけの可能性があるなんて、豪華だね」

「はぁ……これで何かが起きないわけないって感じよね」

「レオンお兄様が目撃《もくげき》されているんだから、血鉄鎖旅団が現れる可能性が一番高いわね」

「そうだね。こっちとしては、敵は多ければ多い程《ほど》いいけど」

「いや、それはクリスだけだし……」

その台詞と同時に――

ドガアァァンッ！

轟音と共に、隣の部屋との壁《かべ》が吹き飛《と》んだ！

「ん……！　早速来た？」

「こらクリス喜ばないっ！　ニヤニヤしないの！」

「それより何事かしら⁉　レオンお兄様が来たの⁉」

吹き飛んだ壁の向こうの部屋には、アールシア宰相や取り巻きの騎士、それに先程の天上領《ハイランド》の特使ミュンテーと護衛の姿がある。

どうもミュンテーを狙った攻撃が外れて、壁を破壊《はかい》したらしい。

「ひょほひょほひょほ……！　ろ、狼藉者《ろうぜきもの》じゃあ！　わしを守らんかっ！」

ミュンテーがそう叫《さけ》んでいる。

どうやら、アールシア宰相に着き従っていた騎士のうちの数人が離反《りはん》して、ミュンテーの命を狙った様子だった。

「止めろお前達っ！」

「乱心したか！」

「そうだ剣《けん》を引け！」

アールシア宰相や騎士達《きしたち》がそれを制止する。

「宰相殿《さいしょうどの》！　我々これ以上この豚《ぶた》の暴虐《ぼうぎゃく》を見ていられぬだけにございます！」

「左様！　この者がこれまでどれだけの横暴を繰《く》り返《かえ》して来たかはご存知《ぞんじ》でしょう！」

「これが国のため、これが我々の忠誠にございます！」

しかしアールシア宰相は彼等を一喝《いっかつ》する。

細身の紳士《しんし》で決して戦闘《せんとう》能力が高そうには見えないが、威厳《いげん》は十分である。

「忠誠とは、下された命を確実に行う事だ！　我々の命はそのようなものではない！」

「しかし宰相殿……！」

「如何《いか》に良かれと思おうとも、だ！　お前達の身勝手の結果が、国王陛下と我が国《わくに》にどれだけの損害を与《あた》えるかを考えよ！　それができぬ者は単なる猪《いのしし》武者だ！」

「お言葉ですが宰相殿！　損害などあり得ませぬ！」

「何……⁉」

「全《すべ》て血鉄鎖旅団が行った事とすればよいのです！　それで説明は付く！　ここは空の上

ですから、他には漏《も》れません！」

「この豚を排除《はいじょ》すれば、もう少しましな特使が来るでしょう！」

「血鉄鎖旅団を警戒《けいかい》し、場所を空中にしたのが我等の好機！」

「……！　た、確かにな――」

「その通りかもしれん……！　これはチャンスなのか――！」

制止をしようとしていた騎士達も、その意見に引き摺《ず》られそうになっていた。

つまり、血鉄鎖旅団のせいにしてミュンテーを暗殺しようという企《くわだ》てだ。

「宰相殿！　ヤツを討《う》てとご命令を！」

「宰相殿！」

「お願いいたします！」

しかしアールシア宰相は首を縦には振らない。

「我々に与えられた命は、献上と下賜を確実に行う事だ！」

「くっ……！　ならばそこでご覧になって下さればいい！」

「むっ……！　おい、感付かれたぞ！」

騒ぎを聞きつけたか、天上領《ハイランド》の鎧兵士が数人、部屋の入口に姿を見せていた。

「ここは我等に任せよ！」

「早くやれ！」

制止に回っていた騎士達も、ミュンテーを討ち取《と》る方向に傾《かたむ》いたようだ。

鎧兵士達を抑《おさ》えに、その前に立《た》ち塞《ふさ》がるのだった。

「お前達……！」

「ありがとう！　その気持ちを無駄《むだ》にはせん！」

「くっ……！　待て貴様らっ！」

こうなっては、アールシア宰相の言葉も届かない。

「ほ、ほひょー!?　お、おおおおイングリスちゃん！　わしを助けておくれ……！」

壁の穴の先のこちらに気付いたか、ミュンテーが情けない声で懇願《こんがん》してくる。

「わたしはファルスさんの護衛をしに来ただけですので」

「ファ、ファルスよ……！」

「あーあーあー！　聞こえない聞こえない！　何も聞こえない！」

ファルスが大声を上げて耳を塞ぐ。

この場は傍観《ぼうかん》する、という意思表示だ。

「「覚悟《かくご》しろッ！」」

騎士達が魔印武具《アーティファクト》を振りかざしてミュンテーに迫る。

「えぇぇい、わしを守れッ！　手加減はいらんからのぅ！」

「ククく……」

ゆらり、と護衛の白髪《しらが》の男がミュンテーの前に立つ。

そして騎士達に向け、奇声《きせい》を放った。

「魔素《マナ》ダ！　寄コセエェ！」

その体のあちこちには、魔印《ルーン》がびっしりと現れている。

これは、あの魔印喰い《ルーンイーター》と呼ばれていた怪人《かいじん》だ。

「……やはり！　この間の通《とお》り魔！」

あの時と違《ちが》い素顔《すがお》を出しており、逆に魔印《ルーン》は隠《かく》れていたが——

気配が似通っていたので、まさかとは思っていた。

しかし真っ二つに斬《き》り捨《す》てたはずなのに、それが何故《なぜ》生きているのか……⁉

「ほひょ！　喰え喰えぇい！　そいつらが新しい餌《えさ》じゃぞい！」

ミュンテーが魔印喰い《ルーンイーター》の背中から声をかける。

「「舐《な》めるなッ！」」

騎士達が突っ込んで行く。

「いけない！　危険です！」

イングリスは騎士達を制止した。しかし時すでに遅《おそ》く――

両者が肉薄《にくはく》すると、怪人が生み出した氷の剣が騎士達の喉笛《のどぶえ》を掻《か》き斬って屠《ほふ》っていた。

「な……一瞬《いっしゅん》で……!?」

「お前達……！」

鎧兵士達を抑えに回っていた騎士達が驚愕している。

「そいつらもじゃっ！　喰ってしまうがえ！」

「寄コセエエ！」

一瞬で斬り込んだ怪人が、そちらの騎士達も蹂躙《じゅうりん》した。

「うめええエエッ！」

そして彼等の亡骸《なきがら》の魔印《ルーン》に喰いつく。

怪人が喰いついた部分は黒い炭のようになって、その体の中に吸い込まれて行った。

そして、怪人の身体に浮《あ》き上がる魔印《ルーン》が、死体の数だけ増える。

文字通り魔印《ルーン》を喰っているのだ。

「な、何あれ、魔印《ルーン》を……!?」

「喰っているの……!?」

ラフィニアとレオーネが戦慄《せんりつ》している。

「ほひょひょひょ！　ようやったようやった！　こんな事もあろうかと、おぬしを生み出しておいて正解じゃったわ！　我ながら自分自身の頭脳が恐《おそ》ろしいわ！」

ミュンテーが喜んで手を叩《たた》いている。

今ならばミュンテーを倒《たお》せると踏《ふ》んだ騎士達の思惑《おもわく》は、完全に外れた事になる。

王国側の騎士は全て倒され、アールシア宰相が一人だけになってしまっていた。

「一つ。よろしいですか？」

イングリスは隣《となり》の部屋に踏み込みながら、ミュンテーに問う。

「ほひょ？　わしを見直してわしのものになってくれるかの？　わしは心が広いでの、今からでも全然大歓迎《だいかんげい》じゃぞぉ？」

「いえ、それは遠慮《えんりよ》します。それより、そちらは王都を騒がせていた通り魔です。あなたが魔印《ルーン》を持つ人間を襲《おそ》わせていたのですか？　説明を求めます」

天上領《ハイランド》の特使として、王国とは友好関係であったはずのミュンテーがそれをさせていた、という事になる。

「な、何だと……⁉　通り魔の話は私も聞いている！　これがその正体だというのは本当なのか⁉」

イングリスの質問にアールシア宰相が反応した。

「間違いありません。わたしが倒しましたので。まだ生きているのは驚きですが」

「……確かに少し前から通り魔が出なくなったとは聞いたが――」

「ほひょ。なあるほどイングリスちゃんがやったのか、さっきの力なら頷《うなず》けるのぉ。確かにわしがやらせておったぞい。こいつらを強くさせるためにの」

「こいつら？」

「わしゃ用心深いでのお。ちゃんとスペアは準備しておったわい」

「なるほど。あれが生きていたわけではないのですね」

　元々二体いたという事か。

「……大問題だ！　曲がりなりにも我が国と友好関係にある天上領《ハイランド》の特使ともあろう者が！」

「ほひょ？　何がじゃ？　黙《だま》っておれば分かりはせんじゃろ？　魔石獣にやられたとでも思っておけ。どうせ日々やられておるんじゃからの」

「魔石獣からも、その他の脅威《きょうい》からも、国を守るのが我々の務めだ！　脅威の種類は問題ではありません！」

「ほひょ。宰相よ、おぬしも頭の固いやつじゃの。ならばおぬしの部下共も今わしを殺そうとしたじゃろう？　それは問題ではないのか？」

「言われるまでもない。問題でしょうな」

「ならおあいこじゃ。お互《たが》い水に流せばよかろう？　どうもお主の部下共が暴走したように見えたからの？」

「ならば私は罰《ばつ》を受け、あなたは罪を償《つぐな》う。そうあるべきでしょう」

どうやらアールシア宰相は、非常に杓子定規《しゃくしじょうぎ》で生真面目《きまじめ》な人間らしい。

そう言う人間だからこそ、信用できるというもの。

宰相という地位を預かるだけの、一廉《ひとかど》の人物だという印象をイングリスは受けた。

「ほひょ。御免《ごめん》じゃの。地上の人間の命など、どうしようが文句を言われる筋合いなどないわ。わしらが魔印武具《アーティファクト》をくれてやらねば死に絶えるだけのもんじゃろうに。わしの研究の礎《いしずえ》になれただけ有り難《がた》いと思って欲しいもんじゃ」

「……あなたが罷免《ひめん》された次の特使殿《どの》が、違う考えを持っている事を祈《いの》りましょう」

「ほひょひょ！　鬱陶《うっとう》しいわ！　よぉしこいつも喰って構わんぞ！」

「ひゃハハハ……！」

魔印喰い《ルーンイーター》が動き出す。

「――君達！　アカデミーの生徒だな⁉　アカデミーの生徒は騎士団の予備役《よびえき》！　緊急《きんきゅう》に君達に要人警護を命じる！　警護対象は――わ……」

「了解《りょうかい》しました」

宰相が皆《みな》まで言う前に、イングリスは霊素殻《エーテルシェル》を発動させて魔印喰《ルーンイーター》いの真後ろに回り込んでいた。

そして、背中に上段蹴《げ》りを叩き込んだ。

「ごあああああアァァッ!?」


ドガァァァァンッ！


物凄《ものすご》い勢いで吹き飛んだ怪人の身体は外側に面した窓のある壁に激突《げきとつ》。

その衝撃《しょうげき》で壁を突《つ》き破《やぶ》り、空中に放《ほう》り出《だ》されて飛んで行った。

「……わたし、だ――？」

「ほ、ほひょほひょほひょ――」

要人警護に油断は禁物。

念には念を入れて霊素殻《エーテルシェル》も使ったが、アールシア宰相もミュンテーも度肝《どぎも》を抜《ぬ》かれて固まってしまったようだ。

「宰相閣下」

「……」

「宰相閣下。よろしいですか？」

「……あ、ああ済まない。ええと、君は――」

「イングリス・ユークス。従騎士科の一回生です」

「従騎士科だと⁉　その力でか……？」

「それより、こちらはどうしますか？　捕縛《ほばく》ですか？　それとも緊急の処罰《しょばつ》を？」

「捕縛だ。国王陛下にご裁定頂かねば」

「――それで、この方は確実に処罰されるのですか？」

「ああ勿論《もちろん》だ。私の名において誓《ちか》おう」

「了解しました」

イングリスはミュンテーの前に進み出る。

「……ほひょひょひょひょ！　そうは行かんぞい、イングリスちゃん！」

ブゥウン！

ミュンテーの手前の空間が歪《ゆが》んだように見える。

その歪みの中から、先程《さきほど》の魔印喰《ルーンイーター》いが姿を現した。

「……帰って来た？」

そこに強い魔素《マナ》の動きを感じる。

「ははっ！　転移の術じゃわ、こう見えて忠実な奴じゃて！」

「ならば別の方法で倒しましょう」

イングリスは一度霊素《エーテル》を魔素《マナ》に変換《へんかん》。

そして魔素《マナ》を操《あやつ》り氷の剣を生み出す。

活性化した霊素《エーテル》で身を包むと、並の武器は耐《た》えられずに壊れる。

この氷の剣も例外ではなく、前回も一太刀《ひとたち》で粉々になってしまった。

だが逆に言うと、霊素殻《エーテルシェル》を使っても一太刀は持つ。

普通《ふつう》の武器とは違い元手はかからないので、懐《ふところ》は痛まず実用範囲《はんい》だ。

「ラニ、宰相《さいしょう》閣下をお願い。レオーネはそのままファルスさんに」

「分かったわ、イングリス！」

「うん！　前もやれたし、大丈夫《だいじょうぶ》よね？」

「うん。大丈夫だよ」

イングリスは氷の剣を構えて魔印喰《ルーンイーター》いに向き合う。

「ほひょ！　前のヤツがやられて、暫《しばら》く大人しくしておったワケが分かるか？　ちゃあんと改善と強化を施《ほどこ》してあるんじゃよ！　それぇい！」

パチン、とミュンテーが指を弾《はじ》く。

「ごああああァァァァッ！」

魔印喰い《ルーンイーター》の全身の魔印《ルーン》が血のように赤く輝《かがや》き出す。

苦しむように頭を抱《かか》えているが、その魔素《マナ》はより活性化している。

「ほひょひょひょ！　こやつは食物から栄養を摂取《せっしゅ》するという生命活動を、他者から魔素《マナ》を奪《うば》うという行為《こうい》に置《お》き換《か》えた怪物《かいぶつ》じゃ！　魔素《マナ》の基礎《きそ》代謝を上げる事により、飢《う》えは早くなるが力は増す！　早く喰わんと飢えておぬしが死ぬぞ！　イングリスちゃんのほかのヤツから喰ってやれい！　そうして力を増せば勝てる！」

「おあああぁぁっ⁉　魔素寄越《マナよこ》せええエェッ！」

魔印喰い《ルーンイーター》は地を蹴《け》り、イングリスを迂回《うかい》してラフィニア達に迫ろうとする。

「――こっちに来る⁉」

「まかせて」

しかしイングリスは敵の進路上に回り込み、腕を捕《と》らえるとそのまま壁に向かって投げつけた。

また壁を突き破り、魔印喰い《ルーンイーター》は空中に飛び出して落下して行く。

「ほひょ⁉　まだ通用せんか……！」

ブゥン！　とミュンテーの手前の空間が歪む。

「おあアァッ⁉」

また魔印喰い《ルーンイーター》が帰って来た。

「ほひょ！　まだじゃあ！　限界まで代謝を上げぇいっ！」

また更《さら》に魔印《ルーン》の赤い輝きが増す。

「あびゃあアァァ⁉」

魔印喰い《ルーンイーター》は地を蹴ると天井《てんじょう》や壁を反射しながら高速で飛び回る。

一段と動きの切れを増している。なかなか見事なものだ。

――が、見切れないわけではない。

「……まだまだですね。これではラニ達には指一本触《ふ》れられませんよ」

ドガァァァァンッ！

今度はレオーネに迫ろうとしていた敵を、再び船外に蹴り出した。

「もう限界ですか？　ならば次は倒します」

ラフィニアを狙った以上、慈悲《じひ》はない。

ミュンテーも同罪だが、捕縛して裁きをするとの事なので、それには従うとしよう。

「くっ……！　ほひょひょひょ……！　えぇぇいっ！　限界の向こう側へ行けぇぇい！」

またまた戻《もど》って来た魔印喰《ルーンイーター》いに、ミュンテーが叫ぶ。

「ごあああああァァァァァァァッ！」

魔印喰《ルーンイーター》いは半狂乱《はんきょうらん》の叫び声《ごえ》を上げ――

目の前のミュンテーの背中から胸板《むないた》を手刀で貫《つらぬ》いていた。

「ほひょ……!?　ち、違う――わしを喰うてどうする……!?」

ミュンテーの身体が黒い炭のようになって、魔印喰《ルーンイーター》いに吸い込まれて行った。

「うめエェエェ！」

「限界を超《こ》え、敵味方の見境まで失ってしまいましたか。哀《あわ》れなものですね。同情はしませんが――」

まだ大人しくしていた方が、ミュンテーも生き永らえたのではないだろうか。

「もっと寄越せええぇエェッ！」

更に力をつけた魔印喰《ルーンイーター》いがイングリスに突進《とっしん》してくる。

「どちらにせよ、無駄なのですし——ね」

しかし完全に動きを見切ったイングリスは、氷の剣を一閃《いっせん》する。

今度は横一文字に斬り裂《さ》かれた魔印喰《ルーンイーター》いが、地面に転がった。

「宰相閣下。済みません、見ての通りです。特使殿の捕縛は不可能になりました」

「いや……仕方あるまい、良くやってくれた」

宰相がそう言うや否《いな》や、船室の天井と床《ゆか》が同時にメキメキと音を立てて破壊された。

「む……!?　今度は何だ!?」

天井からも床からも、黒くて太い虫の脚《あし》のようなものが生えていた。

そして、硬質《こうしつ》の宝石のようなものが所々に埋《う》まっている。

続いて胴体《どうたい》部分が露《あらわ》になると、それは巨大《きょだい》な蜘蛛《くも》だった。

硬質な鎧《よろい》のような外殻《がいかく》を持った、蜘蛛の魔石獣《ませきじゅう》である。

「これは――魔石獣！」

「虹の雨《プリズムフロウ》なんて降ってなかったわ！　それにこんな空の上だし！」

「なら血鉄鎖旅団の仕業……よね!?」

「うん。血鉄鎖旅団には虹の粉薬《プリズムパウダー》があるから――好きに魔石獣を生み出せるはずだよ」

散々噂《うわさ》に上っていたが、やはり血鉄鎖旅団も黙っていなかったという事だ。

「どんどん出てくる！」

ラフィニアは魔印武具《アーティファクト》の弓から光の矢を撃《う》ち出す。

それが蜘蛛の魔石獣の胴体を貫き、ブジュウと嫌《いや》な音を立てて動きを止めた。

「とにかく倒しましょう！」

レオーネの黒い剣の魔印武具《アーティファクト》が長く伸び、数体の魔石獣を巻き込んで叩き潰《つぶ》した。

二人の能力は確かだ。この程度の魔石獣に引けは取らない。ここは任せよう。

それに特に、レオーネの活躍《かつやく》をアールシア宰相に見て貰《もら》うのは悪くないと思う。

イングリスはアールシア宰相に近づいて問う。

「宰相閣下。どうなさいますか？　取引は諦《あきら》めて脱出《だっしゅつ》を？」

「……できれば代理とでも取引を済ませたいが――この混乱を収めねばならんようだ」

「では船内の魔石獣を倒して回りましょうか？」

「そうしてもらえると助かる」

「承《うけたまわ》りました。ですが、宰相閣下は一度船外に退避《たいひ》された方が良いのでは？」

「……ああ、その方が君達も戦いやすいだろうな」

「ならば、まずは機甲親鳥《フライギアポート》の所に戻りましょう」

「いいわ、急ぎましょクリス！」

「こっちは倒したから！」

ちょうどその時、ラフィニアとレオーネが協力して、敵の第一波を掃討《そうとう》し終えていた。

「うん。ではファルスさん――」

と、イングリスはファルスに声をかけた。

「うん？　何だい？」

「……まだ、準備は整いませんか？　今は好機かと思うのですが？」

「――！　フフッ。そうか……さすがだな。そうだな、そろそろだよな」

「え？　どういう事、クリス？」

「何の事を言っているの？」

ラフィニアとレオーネがきょとんとしている。

「まあ、つまり――」

と、イングリスが言いかける前に、血相を変えた天上人《ハイランダー》の役人らしき男が、船室に駆《か》け込んで来た。

「特使様！　ミュンテー様！　大変ですランバー商会の積み荷から魔石獣が――！　うがあぁぁぁっ!?」

背中から魔石獣の鋭《するど》い脚を突き刺《さ》されて、悲鳴を上げた。

続いてまた新たな魔石獣の群れが、船室に姿を現す。

「そんな――じゃあファルスさんがこれを……!?」

「じゃあ、あなたが血鉄鎖《けってつさ》旅団だったのね……！」

「一つは正解で一つは不正解だな。確かにこれは俺《おれ》の仕業《しわざ》だが、俺は血鉄鎖旅団とは無関係だぜ。ほらな――」

と、ファルスは頭のバンダナを片手で剥《は》ぎ取った。

露になった額には――天上人《ハイランダー》の証《あかし》である聖痕《せいこん》があった。

「は、天上人《ハイランダー》!?　なら確かに血鉄鎖旅団じゃないわね。血鉄鎖旅団は反天上人《ハイランダー》の組織だし……！」

「で、でもどうして天上人《ハイランダー》が同じ天上人《ハイランダー》を相手にこんな……!?」

「天上領《ハイランド》も一枚岩じゃないって事だよ、きっと」

ファルス自身が先程言っていた事だ。

「参考までに聞きたいが……いつから気が付いてた？」

「はじめに会った時に。あなたも戦いませんかとお誘《さそ》いしたと思いますが？」

ちょうど新手の魔石獣がイングリスに迫《せま》って来て、刃《は》のような脚を突き出してくる。

イングリスはそれを見もせずに掴み取る。

そのままぐいと引っ張って、魔石獣を体ごとファルスに向けて投げつけた。

無造作に投げつけたが、凄《すご》い速度が出ている。

だがファルスは全く動じず、それを殴《なぐ》り飛ばしてイングリスに撃ち返して来た。

――これも尋常《じんじょう》な力ではない。

「ですがあなたは力のないふりをしたので、何かあるとは思っていました。流石《さすが》に正体が天上人《ハイランダー》だとは想像していませんでしたが」

そう言いながら、イングリスも飛んで来る魔石獣の身体を蹴り返した。

「何てこった、初めからお見通しだってか？　すっとぼけて泳がせるなんて意地が悪いじゃねえか」

またファルスから魔石獣が叩き返される。

更にイングリスも撃ち返す。向こうも同じく。

そうやって魔石獣の身体を撃ち合《あ》いながら、話が進んで行く。

「……わたし自身はいつ何時、誰《だれ》の挑戦《ちょうせん》でも受けます。が、それを他の方に強《し》いるつもりはありません。あなたの準備が万端《ばんたん》に整うのを待っていただけです」

相手の力を出し切らせずに勝っても、ただ勿体《もったい》ないだけで何も面白《おもしろ》くない。

相手の土俵に乗り、やりたい事をさせて力を出し切らせた上で勝つ。

それが自分自身にとっても、最も成長が期待できる。

せっかくの機会は最大限に生かさねばならないだろう。

「そうか――これでも俺は天上人《ハイランダー》の騎士でな。数少ない戦闘の専門だ。ミュンテーを殺る手間は省けたし、お礼に期待は裏切らねえようにしてやるぜ」

だんだんお互いの間を飛ぶ魔石獣の速度が上がって行く。

意地の張り合いのような様相だ。

「ありがとうございます。楽しみにさせて頂きます」

最後に撃ち返したイングリスの一撃《いちげき》の勢いに、ファルスの狙《ねら》いが逸《そ》れた。

彼《かれ》の蹴りで魔石獣は壁を突き破り、大きく空へ飛んで行ったのだ。

「くっ……！　外れたか」

「まだまだそんな程度では、実力の優劣《ゆうれつ》など測れませんよ。さぁどうぞ、かかって来て下さい」

イングリスはにっこりと笑《え》みを浮《う》かべた。

天上人《ハイランダー》の騎士――そうファルスは言った。

だとしたら、その強さには期待ができる。

天上人《ハイランダー》の騎士が、地上の王国の騎士より弱いようでは、地上に対する抑えは効かない。

自分達が下賜した魔印武具《アーティファクト》によって自分達が討たれるなどお笑い草だ。

なので地上の戦力を蹂躙し得る力、あるいはそれに準じる何かがあるはず。

それをこの目で見られるのは楽しみだ。

「嬉《うれ》しそうな顔をしやがる。是非《ぜひ》その綺麗《きれい》な顔が恐怖《きょうふ》で半泣きになるのを見てみたいぜ」

「そうですね。わたしも見てみたいです。もしそこまでの存在がいれば、の話ですが」

「なら――こういうのはどうだ？　開け――門よ！」

強く握《にぎ》りしめたファルスの拳《こぶし》を中心に、空間の歪みのようなものが発生した。

それはあっという間に周囲を包み、目の前の光景を一変させる。

気が付くと、キラキラとした黄緑色の光の粒子《りゅうし》が煌《きら》めくような、壁も縁《ふち》もない空間にイングリス達は立っていた。

「これは……異空間？」

「あの『試練の迷宮《めいきゅう》』みたいよね……！」

「そ、それより周りを見て！　魔石獣が……！」

「な、何という数だ……！」

レオーネやアールシア宰相の言う通り、周囲にはとてつもない数の魔石獣がひしめき合っていた。

その数は十や二十ではなく、数百いや千にも近いかも知れない。

それがイングリスやファルス達《たち》を遠巻きに取り囲んでいた。

イングリス達が立っている場所は淡《あわ》い色の光の柱に覆《おお》われており、どうやらその光の柱の中に魔石獣は踏み込めない様子で、安全地帯と化しているようだ。

「先程船内に現れた魔石獣はここから……!?」

何の魔石獣の気配も感じなかったわけだ。

イングリス達が機甲親鳥《フライギアポート》に乗っている時点では、魔石獣はこの異空間におり、存在もしていなかったわけだ。

虹の粉薬《プリズムパウダー》で魔石獣を生み出す血鉄鎖旅団のやり方とは違い、元々この空間に集めておいた魔石獣を外の空間に放ったという事だろう。

「そういう事だ。こんな化物共をここに入れるのは気色悪いけどな」

「つまり、血鉄鎖旅団の仕業と偽装《ぎそう》をするために集めたわけですか」

「ああ。奴《やつ》らがそういう手口を使うというのは、既《すで》に周知の事実だろ？　さっきの間抜《まぬ》けな騎士共は短絡的《たんらくてき》過ぎるんだよ。やるならちゃんと偽装しねえと人は騙《だま》せねえ。俺は慎重《しんちょう》なんだ」

「なるほど、わたし達を護衛の名目でここに呼んだのもそのためですね」

「クリス、どういう事なの？」

「わたし達が血鉄鎖旅団と繫《つな》がっていて、ミュンテー特使もアールシア宰相も暗殺して今回の取引を潰したって事にするんだよ」

「……そうか、私がいれば血鉄鎖旅団と繫がってるっていうのに説得力が増すわ！」

「……あたしがいれば、ラファ兄様まで血鉄鎖旅団だって疑われる！」

「うん。そうだと思う。気分は悪いけどね」

「ええ……！　本当にそうね」

レオーネの表情が一段と厳しくなる。

「許せないわね！」

ラフィニアもそれに同調していた。

「それはこっちの台詞《せりふ》だぜ……！　お前らを引き込んだのはそれだけじゃねえ、ラーアルの仇《あだ》は取らせて貰うぜ――」

そう言われて、イングリスとラフィニアは一瞬顔を見合わせる。

「……ラーアル殿の？　彼にそんな人望があるとは驚《おどろ》きですね」

「あんなやつの仇を取りたいなんて、物好きね！　さっきの特使と変わらないのに！」

「ふん――いい度胸だ、親の前で息子《むすこ》をそこまで言ってくれるとはな」

「「お、親……!?」」

イングリスもラフィニアも驚いて声を上げていた。

あれがランバー氏だと言うのか？　商会が代替《だいが》わりしたのも偽《いつわ》りだと？

いやそれはいいが、この若さは――？　ラーアルと歳《とし》もそう変わらないだろう。

「天上人《ハイランダー》になると共に、この新しい体を手に入れた。おかげで騎士として働く義務もついて来るがな。前の体は病気でボロボロだったから仕方ねえ。さぁ如何《いか》にドラ息子だろうが、息子は息子！　子を殺された親の怨《うら》みを思い知りやがれ！」

「……逆恨《さかうら》みよ！　そんなの！」

「自分の子育ての失敗を棚《たな》に上げないでよね！」

ラフィニアとレオーネの言う通りだろう。

「己《おのれ》の力に思想や怨恨《えんこん》を乗せては純粋《じゅんすい》に楽しめませんよ？　もっと気を楽にして、力そのものを楽しむ事をお勧《すす》めします」

「お前らを殺ってから、そうさせて貰うぜ！　行っておくが、ここに入った以上お前らはもう詰《つ》んでるんだよ。ここは魔石獣を閉じ込めておくだけの異空間じゃねえ。本来はお前達のような地上の騎士の処刑場《しょけいじょう》だ！　この異空間の中では、お前らの魔印武具《アーティファクト》は活動を停止するんだよ」

ファルスが凶悪《きょうあく》な刃のような笑《え》みを浮かべる。

「……本当よ、光の矢が出ない！」

「こっちも、剣《けん》が言う事を聞かないわ！」

ラフィニアとレオーネが声を上げる。

「……なるほど」

切り札というわけか。

天上人《ハイランダー》の騎士が地上の戦力を抑えつけ得る理由が、これか——

「これは……？」

イングリスは霊素《エーテル》を魔素《マナ》に変換し、更にその魔素《マナ》を操り氷の剣を——

出そうと思ったのだが、その前に魔素《マナ》が拡散してしまい、まともに操る事ができなかった。

魔印武具《アーティファクト》が活動を停止するというのは、魔素《マナ》の動きが阻害《そがい》されてまともに機能を発揮できなくなるという事だ。

そして、それは魔印《ルーン》なしで直接魔素《マナ》操っても同じようだ。

「わたしもダメみたい」

った。

「そう――だが聖痕を持つ俺は別だ！　さぁ死ねよっ！」

ファルスの号令一下、光の柱がギュッと縮小してファルス一人だけを隔離《かくり》するようにな

光の外に放り出されたイングリス達に、一斉《いっせい》に魔石獣が迫ろうとする。

「ラニ！　レオーネ！　宰相閣下をお願い！」

「うん！」

「何とかやってみるわ！」

返事を聞きながら、イングリスは前に進み出る。

周囲には圧倒的《あっとうてき》な数の魔石獣がひしめいている。この数は侮《あなど》れない。

空間の主であるファルスを叩き、ここから抜け出すのがいいだろう。

「はあぁぁぁっ！」

イングリスは間近の魔石獣に突進し、それを思い切り蹴り飛《と》ばす。

吹《ふ》き飛んだ魔石獣は、寸分違わずファルスを覆う光の柱に激突し――

バキン！

硬い音を立て、魔石獣の体が弾かれる。光の柱はまるでビクともしない様子だ。

「ははははっ！　ここはお前らの死に様を見るための特等席よ！　効かねぇんだ――」


バギイイィィイン！


「何が効かないんです？」

轟音《ごうおん》を立て、光の柱が粉々に砕《くだ》けていた。

「ぐあっ……!?」

霊素殻《エーテルシェル》の青白い光に覆われたイングリスは、片手でファルスの喉元《のどもと》を掴《つか》み吊《つ》り上げていた。

「な……んだと――一体何を……」

「単に思い切り殴っただけですが？」

「何だよそりゃ……この空間の影響《えいきょう》がないのか……！」

その問いにイングリスが浮かべたのは、柔和《にゅうわ》で可憐《かれん》な笑みだった。

ファルスにとっては、逆にそれが恐ろしい。

彼女《かのじょ》は光の柱を殴って叩き潰したと言うが――全く動きが見えなかったのだ。

「ありますよ？　ですが、それだけが全《すべ》てでもない。他の力もあるという事です」

魔素《マナ》はだめでも、霊素《エーテル》の戦技であれば通常通り使う事が可能だった。

流石《さすが》の異空間も霊素《エーテル》の動きにまでは干渉《かんしょう》できないようだ。

「くっ……デタラメだろ、他に何が――」

「さぁ元の空間に戻しなさい。さもなくばこのまま倒します。ラニやレオーネも大変ですからね」

ラフィニアとレオーネは、迫って来る魔石獣を相手に何とかアールシア宰相を守っていた。魔印武具《アーティファクト》の機能が失われている分、苦戦している。

このままではそう長くは持たないだろう。早く手を打つ必要がある。

と、その時――ラフィニア達を囲む魔石獣の群れの一部が、一斉に吹き飛んだ。

何かがその下から立ち上がったのだ。

「な、何――!?」

「新手？　勘弁《かんべん》してよね！」

ラフィニアとレオーネが声を上げる。

「ほひょ！　ほひょひょひょひょ！」

人型をした魔石獣だった。

魔印喰い《ルーンイーター》の魔印《ルーン》だらけの体が、ずんぐりとした形に肥大化し、魔石獣の硬質の外皮やそこに埋め込まれた宝石が出現。

更には胸部にあの天上人《ハイランダー》の特使ミュンテーの顔が生えていた。

それが大きな笑い声を上げげたのである。

「魔石獣――！　あんな形で……！」

魔印喰い《ルーンイーター》はミュンテーを喰らったが、吸収したミュンテーが魔石獣と化しあんな形に変異したのか。

しかも、それだけではなく――

「ほひょひょひょひょひょひょーーーー！」

人型の魔石獣はミュンテーの笑い声を上げながら、巨大になった両手の指の全てに一本ずつ氷の刃を生み出した。

「魔素《マナ》を使っている……！」

この空間は天上人《ハイランダー》には効果がない。あれはミュンテーが聖痕を持っているためなのだろう。

そして、その刃を周囲の蜘蛛型の魔石獣に振《ふ》りかざし、いくつもの魔石獣の串刺《くしざ》しを作り出す。そうすると魔印喰い《ルーンイーター》がミュンテーを喰らった時のように、黒い炭となって吸収されて行った。

魔石獣と化したが故《ゆえ》に、魔石獣を吸収する事までできるようになったのか。

「……共食い⁉」

「凄い勢いよ……！」

あっという間に大量の蜘蛛型の魔石獣を吸収すると、人型魔石獣に変化が現れる。

下半身から蜘蛛の脚が生えて来たのだ。大量の魔石獣を喰らった結果だろう。

そうなると、他の蜘蛛型魔石獣も我先にと人型魔石獣へ集って行くようになった。

多数を吸収し、女王蜂《じょおうばち》や女王蟻《あり》のような支配力を得たのか。

「合体していく――」

いつの間にかその下半身が、完全な蜘蛛型魔石獣のものになっていた。

魔印喰い《ルーンイーター》の体と魔印《ルーン》。

ミュンテーの顔面と聖痕。

蜘蛛型魔石獣の脚となった下半身――

もう単なる魔印喰い《ルーンイーター》でも魔石獣でも天上人《ハイランダー》でもない。それらをグチャグチャに混ぜ合わせた合成獣《キメラ》だ。

一つだけ言える事は――これは強そうだ。

「凄い合成獣《キメラ》です――こんなものを隠《かく》しているなんて流石ですね。見直しましたよ」

敵が纏《まと》まってくれたため、自分だけで相手にする事もできる。

正直この異空間だけでは、少々物足りないところではあったのだ。

「お、俺じゃねえ――俺は魔石獣を集めておいただけだ……！」

しかしファルスはイングリスの言葉を否定する。

「？　では一体……そうか、今度こそ虹の粉薬《プリズムパウダー》……」

アールシア宰相の部下の騎士達《きしたち》やファルスとも別ルートで、やはり血鉄鎖旅団も手を回して来ていたのだ。

そうでなければ、レオンが王都にいた事の説明がつかない。

盛られていた虹の粉薬《プリズムパウダー》の効果が今ここで発揮されたのだ。

「ではこの状況《じょうきょう》も偶然《ぐうぜん》の産物だと？　ふふふっ。わたしの日頃《ひごろ》の行いがいいからですね」

「もう、クリス！　あんなので喜ばないでよ！」

「そうよ、凄く気持ち悪いわよ、あれ――！」

アールシア宰相を伴《ともな》って近くにやって来たラフィニア達が口を揃《そろ》える。

「お……俺の日頃の行いがいいからかも――な！」

イングリスが片手で吊り上《あ》げていたファルスの体がフッと歪み、その重みと共に姿も消えて行く。

「特等席で見物できねえのは残念だがな……！　そこで死んでろ！　後で死体は拾いに来てやるよ、あの怪物に喰われなきゃな！」

その声だけが、その場に大きく響《ひび》いた。

どうやらイングリス達を置き去りに、自分だけ異空間の外に出たようだ。

「あっ……！　消えた⁉」

「私達を置き去りにして、逃《に》げたの⁉」

「自分が倒《たお》されて、異空間が崩壊《ほうかい》するのを避《さ》けたんだね」

「そ、そんな――これ、出られるの⁉」

「イングリス、どう？　前みたいにできる？」

「多分空間を壊《こわ》せば大丈夫。でもその前に――」

あの合成獣《キメラ》との戦いを、楽しませて貰おうではないか。

「ほひょ！　イングリスちゃんの匂《にお》いがするうぅ！　イングリスちゃあああん！　わしらと一つになるんじゃあぁー！　一つになるのはとても気持ちええぞおぉぉぉ！」

ミュンテーの顔がじゅるじゅると舌なめずりをしていた。

魔石獣化もしているはずなのに、あまり変わったように見えないのは何故《なぜ》だろう。

「……やっぱりちょっと気持ち悪いかな？」

見ていると、ちょっと背中がぞくりとしてしまった。

「当り前じゃない。早く倒してクリス！」

「あまり長い間見ていたくないわ、あれは」

「うん――」

イングリスは一人、ミュンテーの合成獣《キメラ》の前に出る。

「わたしを倒せたら、好きにすればいいでしょう。さぁかかって来なさい」

「ほひょひょひょひょおぉぉぉぉぉーーーー！」

無数に生えた蜘蛛の脚先が氷の刃と化し、イングリスを襲《おそ》う。

巨体《きょたい》ではあるが、その動きは決して鈍重《どんじゅう》ではない。

「!?」

むしろとても速く鋭い。

脚一本一本の攻撃《こうげき》が、元の魔印喰い《ルーンイーター》のものを上回っている。

加えてその攻撃の物量は魔印喰い《ルーンイーター》の比ではない。

氷の刃の弾幕《だんまく》――そう形容するのが相応《ふさわ》しい。

さすがにこれでは、正面切って攻撃をかい潜《くぐ》りつつ突破《とっぱ》するのは難しいか。

攻撃の密度が高過ぎるのだ。身一つすら、すり抜《ぬ》けさせる隙間《すきま》がない。

「大きくて気持ち悪いのに速いわ、あいつ！」

「でもイングリスには当たっていないわ！　大丈夫！」

そう、後ろに下がる事を許容すれば、被弾《ひだん》せずにやり過ごす事は不可能ではない。

「何という動きだ――彼女が何人にも見える……！」

アールシア宰相はイングリスの動きに圧倒《あっとう》されているようだった。

単に早いだけでなく身ごなしが余りに綺麗で、その輝きに思わず見惚《みほ》れてしまうのだ。

「き、君達は一人に見えているのか？」

「はい、一応」

「見えているだけですけど」

「……今の騎士アカデミーには有能な人材が育っているようだな」

その間も、イングリスはミュンテーの合成獣《キメラ》の周囲を時計周りに回るように攻撃を避け続けていた。

ただ避けながら下がるだけでは芸がない。反撃《はんげき》に転じる布石は打つべきだろう。

「ほひょおおお！　よいではないか、よいではないかぁぁぁぁっ！」

イングリスは首元を突《つ》き刺すような軌道《きどう》の刃を避けつつ、合成獣《キメラ》の斜《なな》め後方に回り込んだ。

それに反応し、合成獣《キメラ》がぐるりと向きを変えようとした瞬間《しゅんかん》――

「今っ！」

全力で逆方向にもう一度跳躍《ちょうやく》。

それにより、完全に向こうの視界から外れた。

巨体ゆえに、方向転換《てんかん》には時間がかからざるを得ない。それを利用して虚《きょ》を衝《つ》いた。

「ほひょ？」

イングリスの姿を見失い、間の抜けた声を上げた瞬間――

「はあああぁぁぁあっ！」


ドゴオオオォォォン！


「ぎょえええええぇぇっ⁉」

イングリスの蹴《け》りがミュンテーの顔面に突き刺さり、醜《みにく》く歪《ゆが》ませていた。

――が、それだけだった。

顔は歪み上半身は仰《の》け反《ぞ》るが、無数の蜘蛛の脚が踏《ふ》ん張《ば》り、その場に留《とど》まっていた。

「やはり、重い――」

普通《ふつう》の魔石獣ならば、蹴り一発で吹っ飛ぶところなのだが。

やはり並みの化物《ばけもの》ではない――面白い！

「ほひょお！」

打たれ強く、そして反応も早い。

蹴りで歪んだミュンテーの顔からすかさず舌が伸《の》びて、イングリスに巻き付いて来た。

膝元《ひざもと》から太腿《ふともも》、腰《こし》、胸のあたりまで、ぐるぐると長くまとわりつく。

「ほひょひょひょひょ！　甘《あま》い、柔《やわ》らかあぁぁぁい！」

「やめて下さい。下品です」

イングリスは霊素殻《エーテルシエル》を発動。

青白い光に覆われながら、ミュンテーの舌を引き千切って脱出した。

「あぎゃあああぁっ⁉」

「ですが、やりますね――」

まだ使うつもりがなかった霊素殻《エーテルシエル》を使わされた。

魔素《マナ》を使えないこの空間では、これを使わざるを得なかったのだ。

霊素《エーテル》の戦技は消耗《しょうもう》が激しい。

長期戦は避け、早く決着をつける必要があるだろう。

この後、この空間からの脱出とファルスへの対処も必要になる。

「はあっ！」

一旦《いったん》間合いを取って着地したイングリスは、今度は真正面から突進した。

「ほひょほひょほひょお！」

それに反応し、氷の刃の弾幕が降り注ぐ。

「反応するだけでも大したものです――」

賞賛に値《あたい》する。霊素殻《エーテルシェル》を使ったイングリスの動きの前には、一歩も動けない者も多いのだ。

「しかし！」

イングリスは降り注ぐ刃の全てに、拳を叩《たた》きこんで迎撃《げいげき》をした。

「あんぎょおあああぁぁっ!?」

結果――弾幕のような勢いで、氷の刃と化した魔石獣の脚が砕けて行く！

「い、いきなり脚が吹き飛んだぞ……！　何が――!?」

「あ、あたし達にもよく分かりませんっ！」

「ええ、青い光に触《ふ》れたら吹き飛んで……！」

ラフィニア達には、イングリスが拳を振るう姿は見えなかった。

あっという間に、無数の脚が根こそぎ吹き飛んだようにしか見えないのだ。

そして気が付けば――脚を失ったミュンテーの巨体がその場に転がっていた。

「さあ、もう一度お別れです」

イングリスは霊素殻《エーテルシエル》を解き、もがくミュンテーに向けて右の掌《てのひら》を突き出《だ》す。

その手の先に、渦《うず》を巻くように光が現れ収束して行く。

鮮《あざ》やかな青白い光が、見る見るうちに巨大な一つの塊《かたまり》と化す。

「霊素弾《エーテルストライク》！」


スゴゴゴオオォォォォォーーーーーッ！


「ほひょおおおおぉぉぉっ!?」

巨大な光弾が、ミュンテーの巨体を飲み込んで行った。

「──よし」

霊素弾《エーテルストライク》の光の中にミュンテーが消滅《しょうめつ》すると、イングリスはうんと一つ頷《うなず》いた。

全力で霊素弾《エーテルストライク》を撃ってもまだ少し余力はある。

持久力も少しずつだが、着実に成長していると言えるだろう。

「さすがクリスね！　すごいわ！」

「凄いのは分かってたけど、こんなに凄いなんて！」

ラフィニア達が駆け寄《よ》って来る。

「うん。本当ならもう少しゆっくり戦いたかったけど。いい訓練になる相手だったし」

ああ見えてその強さは本物だった。

都合上短期決着を図《はか》らざるを得なかったが、もっとゆっくり戦ってみたかった。

「えええ……？　あんなの生理的に無理じゃないの？」

「そ、そうよ。魔石獣《ませきじゅう》になる前も後も気持ち悪かったわよ？」

「そうだけど、ね。力に罪はないし――」

見ないで済むように、目を閉じて戦ってみても良かったかも知れない。

「き、君は一体何者なんだ……？　その力、聖騎士や天恵武姫《ハイラル・メナス》にすら――」

「ただの従騎士ですが？　ほら、ご覧ください」

と、イングリスはアールシア宰相《さいしょう》に魔印《ルーン》のない両手を翳《かざ》して見せる。

「ぬう、確かに――しかし、それ以上の何かが君には……」

「それよりも、この空間から脱出《だっしゅつ》する事を考えましょう？　今頃《いまごろ》外で何が行われているか分かりませんから――」

「あ、ああ……しかしどうやって――」

と宰相の言葉が終わるや否《いな》や、イングリス達の周囲の光景が一変した。

目の前が歪んだと思ったら次の瞬間、元の船室の中の景色に切《き》り替《か》わったのだ。

「！　戻《もど》った……!?　クリス何かやったの？」

「ううん、わたしは何も」

「ああっ！　あれ！」

声を上げたレオーネの視線の先には、ファルスがいた。

その腹部を剣が貫通《かんつう》し、刀身にはべっとりと血がついていた。

そして、ファルスを貫《つらぬ》いている剣の主は――

顔の見えない黒い鉄仮面に、全身黒ずくめの衣装、外套《がいとう》。

「！　血鉄鎖旅団の黒仮面！」

ラフィニアが声を上げる。

「え……!?　そ、それって――」

「うんレオーネ。血鉄鎖旅団のリーダーだよ」

自分達が異空間から排出《はいしゅつ》された理由に察しが付く。

黒仮面の手によって、ファルスが致命傷《ちめいしょう》を負ったのだ。

それにより、異空間が崩壊《ほうかい》したに違《ちが》いない。

「ぐ……！　うう……！」

どさり、とファルスが床《ゆか》に崩《くず》れ落《お》ちた。

「イングリス・ユークスか。こんな所で会うとは、奇遇《きぐう》だな」

黒仮面がイングリスを見る。

「一体どうやって、ここに……」

誰かに変装し、潜り込んでいたのか――

「あれだ」

黒仮面は自身の背後を指差す。

彼は船外に面する壁《かべ》を背にしていたが、そこは壁の殆《ほとん》どが外からの衝撃《しょうげき》によって吹き飛んでいた。よく見ると、壁の破片《はへん》が周囲に散乱し、イングリス達が異空間に捕《と》らわれる前からすると随分《ずいぶん》と散らかっている。

そして外壁《がいへき》が吹き飛んで、よく見えるようになった空には——

巨大《きょだい》な空飛ぶ船の姿があった。

「な……！」

「ええっ⁉」

「あんなものが——⁉」

あれは、こちらの天上領《ハイランド》の船とも遜色《そんしょく》ない大きさだ。

船体にはいくつもの砲門《ほうもん》が備えられており、それがこちらの船の外壁を吹き飛ばしたのだと推測できる。

「馬鹿《ばか》な、我《わ》が国《くに》にも下賜《かし》されていないようなものを、何故……⁉」

アールシア宰相の言う通りだ。

あんなものを所有しているとは、単なるゲリラ組織の域を超《こ》えている。

一体血鉄鎖《けってつさ》旅団の戦力や規模は、どれ程《ほど》のものなのだろう。

不気味である。下手をすれば一国を乗っ取るような事も可能なのではないか。

「細かい事よりも、ここで倒してしまえばっ！」

レオーネが魔印武具《アーティファクト》の黒い大剣を振り下《お》ろした。

間合いは遠いが、その刃《は》は一瞬《いっしゅん》でグンと伸び、黒仮面を襲った。


キィン！


しかしレオーネの渾身《こんしん》の打ち込みを、黒仮面は片手の剣であっさりと防いで見せた。

「やめておけ。その腕《うで》では私は倒せぬよ」

「黙《だま》りなさい！　あなたのおかげでレオンお兄様は！　あなたがレオンお兄様を誑《たぶら》かしたおかげで！」

レオーネが猛烈《もうれつ》な連続攻撃を加えるが、黒仮面はそれらを全て受け流して行く。

「そうではない。同士レオンならば、私などおらずとも自ら立ち上がっていたさ。私ごときが誑かそうとしても、できるような男ではない。彼には確固たる芯《しん》がある。我等は思想が一致《いっち》したがゆえ、手を取り合っているに過ぎん」

「うるさい！　知ったような口を利《き》かないで！」

「やれやれ――」

キイイイン！

黒仮面の方から剣を繰《く》り出し、レオーネの大剣の刀身を撃《う》った。

「あっ……!?」

その衝撃でレオーネの手から大剣が落ち、床に転がった。

「警告する。それ以上の攻撃を仕掛《しか》けて来るならば、反撃をさせて貰《もら》う。私にも目的があるのでな」

「くっ……！　そんな脅《おど》しに……！」

レオーネは迷わず床に落ちた魔印武具《アーティファクト》を拾おうとする。

が、イングリスはその手をそっと取り、制止した。

「待ってレオーネ。後はわたしに任せて？　レオーネの事が心配だし、それに――」

「あいつと戦ってみたい？」

「……分かっちゃった？」

「気付いてない？　凄《すご》く嬉《うれ》しそうよ、顔」

「──ごめんね？」

「いいわよ。確かにイングリスに任せるしかないみたい──お願い」

「うん。任されたよ」

イングリスは黒仮面の前に進み出る。

「思ったより早くこの日が来ましたね？」

「……一つ問いたい。天上領《ハイランド》の特使ミュンテーはどこにいる？　彼《かれ》を討《う》ち取《と》らねば、手合わせに興じる暇《ひま》などないのだがな」

「もういませんよ。わたしが倒しましたので」

「ほう……！　それは手間が省けたというもの。ではさらば──とは行きそうにないな」

「ええ。あなたが逃げられるのなら、追ってそちらの船に乗り込むまでです。壊れても知りませんよ」

「それは困るな──」

その時──

ゴウゥゥン！

轟音と共に、船が大きく揺《ゆ》れた。

「きゃっ⁉」

「な、何か起きたの……⁉」

「けっこう揺れたね」

足元の床が大きく傾《かし》ぐような感覚がした。

爆発音《ばくはつおん》のようなものが、続けざまに二度、三度と発生する。

その度に足元も右に左にと傾ぐ。

「……何か異変が起きたようだな」

黒仮面が外を見る。

血鉄鎖旅団の空飛ぶ船が、高くに遠ざかろうとしつつある。

だが実際は逆だった。

「お、落ちてる⁉」

「まずいわ！　下には王都があるのよ！」

ラフィニアとレオーネの言う通りだ。

そもそも血鉄鎖旅団への対策のために王都上空で物資献上《けんじょう》を行うようにしたはずなのに、
肝心《かんじん》の血鉄鎖旅団が自前の空飛ぶ船を持ち、簡単に乗り込まれているのは皮肉だ。

知らなかったのだろうが、何の対策にもならなかった上に、もしこの船が眼下の王都に墜落《ついらく》すれば甚大《じんだい》な被害《ひがい》が出る。完全に裏目だ。

「あなたがこれを……!?」

「そのような指示はしていない」

黒仮面が首を横に振ったと同時――

血を流して倒れていたファルスが、勢いよく身を起こした。

胸を貫かれ致命傷なのは間違《まちが》いないが、最後の力を振り絞《しぼ》った抵抗《ていこう》だった。

血まみれの手で握《にぎ》りしめた剣を、すぐ側に立っていたレオーネに向けて突き出した。

「死ねぇぇぇっ！」

「!?」

虚を衝《つ》かれたレオーネの胸にファルスの剣が突き刺《さ》さる寸前――

バチバチと弾《はじ》ける雷《かみなり》で形成された獣《けもの》が、横から飛び出しファルスに飛びかかっていた。

雷の獣はファルスをレオーネから遠ざけるように体ごとぶち当たると、そのまま彼を巻き込んで弾《はじ》け飛んだ。

ゴウゥンッ！

元々致命傷だったファルスの身体が更《さら》に焼《や》け焦《こ》げズタズタになった。

「く……そが——だが機関部は……破壊《はかい》した……船と一緒《いっしょ》に落ちろ……！」

最後までイングリス達《たち》を睨《にら》みつけて、今度こそファルスは絶命した。

「レオーネ！」

「大丈夫《だいじょうぶ》!?」

「え、ええ……今のはレオンお兄様の——！　あ、あなたがやったの……!?」

「知らぬな」

黒仮面はそっけなくそう返す。

レオーネはイングリスの方を見てくるが、イングリスも首を振った。

「ううん。わたしじゃない——」

「ならやっぱりあなたが……！」

その声をかき消すように、一台の機甲鳥《フライギア》が船外から飛び込んで来た。

操縦桿《そうじゅうかん》を握っているのは、血鉄鎖旅団の天恵武姫《ハイラル・メナス》であるシスティアだった。

「船内の天上人《ハイランダー》は討ち取りましたが、何者かにより機関部が破壊され制御《せいぎょ》不能です！　この船は沈《しず》みます！　お早く脱出なさって下さい！」

「うむ。拿捕《だほ》できんとなれば長居は無用だ。こちらの被害が大きくなりかねん」

黒仮面の視線の先、血鉄鎖旅団側の船の周辺が、王国側の機甲親鳥《フライギアポート》や機甲鳥《フライギア》に囲まれつつあった。

周辺警戒《けいかい》に当たっていた戦力が異変に気がついて動き出したのだ。

あれには、人手不足でかり出された騎士アカデミーの生徒達も含《ふく》まれているはずだ。

リーゼロッテ達もあの中にいるかもしれない。

「ある意味好都合だったかも知れんな。この状況で私を追うわけには行くまい？　船が無事となれば、戦いが避けられぬところだった。君と戦いたくはないのでな」

イングリスはシスティアの機甲鳥《フライギア》に乗り込む黒仮面を追わなかった。

確かに状況は彼の言う通りだった。

「わたしは残念です」

だが大いに不満だ。イングリスは少々唇《くちびる》を尖《とが》らせて応じる。

「フ……本来ならば手を貸すべきだろうが、君ならば何とかするだろう？　後は任せた。さあ行くぞ、システィア」

「はっ！」

機甲鳥《フライギア》が飛び立ち、黒仮面たちが遠ざかって行く。

「お兄様……！　お兄様なの――？」

「……レオーネを助けてくれたのは確かだと思う。でも、あの人がレオンさんかはちょっと分からないかも――あの人の力なら、レオンさんの力を再現できるかも知れないから」

黒仮面はイングリスよりも霊素《エーテル》の細かい制御に長《た》けている。霊素《エーテル》を魔素《マナ》に落とし、レオンの上級魔印武具《アーティファクト》の能力を再現する事も不可能とは言い切れない。

「それより、あたし達も早く脱出しましょう！」

「そうだね。船が制御できないなら、外に出て止めないと」

少なくとも、このまま王都に落とすわけにはいかないだろう。

そうなれば大きな被害が出る。

「っ……ええ、急ぎましょう！」

レオーネも気持ちを切り替えそう頷く。

そこに、黒仮面達と入《い》れ替わるように別の機甲鳥《フライギア》が二機やって来た。

「おーい！　イングリス！」

「お父様！　ご無事ですかっ⁉」

ラティが操縦しプラムを乗せた機甲鳥《フライギア》と、リーゼロッテが乗り双子《ふたご》のバンとレイが操縦するものだった。

「ラティ。ちょうどよかった」

「おぉリーゼロッテか！」

「乗れよ！　脱出しようぜ！」

「お父様、お早くお乗りになって下さい！」

イングリス達三人はラティの機甲鳥《フライギア》に乗り、アールシア宰相はリーゼロッテに任せる事にする。

「早く宰相閣下を安全な所へ。わたし達はあの船を止めるから」

「ええ、分かりましたわ！」

「頼《たの》む君達、何とか街中には落とさんようにしてくれ！」

「「はい！」」

イングリス達は、アールシア宰相の願いに頷いた。

「……とは言え、あんなでっかいのどうするんだよ!?」

機甲鳥《フライギア》に定員オーバーの五人も乗っているので、操縦桿を握るラティは窮屈《きゅうくつ》そうだ。

「ラティ、船の下側に回って」

「ああ！」

機関部から煙《けむり》を噴《ふ》き出す空飛ぶ船は、確実に眼下の王都に向かって落ちていた。

完全に浮力《ふりょく》を失ったわけではないらしく、機甲鳥《フライギア》が下に回り込む事はできたが――


ゴウゥゥン！


再び爆発音と振動《しんどう》。船体が揺れて、甲板《かんぱん》から大きな何かが滑《すべ》り落ちた。

「あっ！ 積み荷の機甲親鳥《フライギアポート》が!?」

「まずい下に落ちるわ！」

「任せて！」

あれが下に落ちても、ただでは済むまい。

イングリスは迷いなく機甲鳥《フライギア》から身を躍《おど》らせた。

「クリス!?」

「イングリス！ 無茶《むちゃ》よ！」

「うおおい！ 何してんだ!?」

ラフィニア達の悲鳴を聞きつつ、空中に飛び出したイングリスは落下する機甲親鳥《フライギアポート》の近くまで跳躍《ちょうやく》していた。

「そこっ！」

そして、機甲親鳥《フライギアポート》に霊素弾《エーテルストライク》を放つ！


スゴゴゴオオオォォォ！


巨大な青白い光に飲まれ、機甲親鳥《フライギアポート》は消滅。

そして――その発射の反動でイングリスの体は大きく方向転換して飛び、ラティの機甲鳥《フライギア》の近くまで戻って来た。

「――ただいま！」

「あはは……お帰りクリス」

「びっくりしたわよ、いきなり飛び降りるんだもの」

「とんでもねえなぁ、相変わらず」

「い、イングリスちゃん、凄い……！」

しかし、これは落下した積み荷を処理したに過ぎない。

船本体を何とかしなければならない――

「おいどうすんだイングリス!?　さっきの光の弾《たま》で船本体もぶっ飛ばすのか!?」

「ううん、それはちょっと難しそうかな――」

ラティの言葉にイングリスは首を横に振《ふ》る。

今霊素弾《エーテルストライク》を撃ってはっきりしたが、積み荷の機甲親鳥《フライギアポート》くらいならまだしも、船本体を完全に覆《おお》いつくして消滅させるにはさすがに出力不足だ。

恐《おそ》らく船本体に霊素弾《エーテルストライク》を撃っても、船体を貫通するだけで大量の残骸《ざんがい》が残る。

それらが王都に降り注ぐと、状況がより悪化してしまう。

ましてや、今日は既《すで》に霊素弾《エーテルストライク》を二発も撃っており、三発目を撃てるかどうかも怪《あや》しい。

撃てたとしても、先程《さきほど》の二発目より確実に威力《いりょく》は低下するだろう。

「じゃ、じゃあどうすんだ⁉」

「地面の近くまで下りて。どのあたりに落ちそうかを見て考えたいから」

もし人のいない空き地や広場に墜落するならば、そのままでも構わないだろう。

反対に商店街や住宅街に落ちそうならば、受け止めるなり落下地点を逸《そ》らすなりしなければならない。

「落ちても大丈夫な場所ならそのままでもいいって事よね？」

「うんラニ。少しずれて湖に落ちてくれる可能性もあるし」

「イングリス、本当に街中に落ちるようならどうするの？」

「受け止めるか、落下地点を逸らすかかな。空中だと踏ん張りが効かないし、どのみち下には降りないと」

「そうね、分かったわ」

「早く避難《ひなん》を呼びかければ、避難も間に合うかも知れません！」

普段《ふだん》おっとりした雰囲気《ふんいき》のプラムも、流石《さすが》に真剣《しんけん》な顔つきをしていた。

「よしじゃあ全速力で降りるぞ！」

ラティの駆《か》る機甲鳥《フライギア》は猛《もう》スピードで地上へと舞《ま》い降《お》りて行く。

彼の天性の空中感覚で、落下地点を予想して先回りした先は――

「……このあたりに落ちそうだぞ！」

「まずい所だね」

「うん、最悪よね！」

「絶対に何とかしないと！」

目の前にあるのは、王都の中心中の中心――王城だった。

ちょうどそのど真ん中に、空飛ぶ船が直撃《ちょくげき》しそうな軌道である。

煙を吹《ふ》くその姿が、だんだんと大きくなって行く。

「おい早く逃《に》げろ！　上からデカいのが落ちて来るぞ！」

ラティが城の門番達に大声で呼びかけている。

慌《あわ》てふためいた兵士達がそれぞれに駆け出し始める。

あっという間に混乱が城中に広まっていく。

「そのまま呼びかけをお願い、わたしたちは降りるから。行こうラニ、レオーネ」

イングリスはそう言い残して、王城の門前に飛び降りる。

「うん、クリス！」

「ええ、行きましょう！」

ラフィニアとレオーネもそれに続いた。

「私も――！」

「お前はやめとけ！」

イングリス達に続こうとしたプラムはラティに止められていた。

「どうして止めるんですか、私だって支援《しえん》なら――」

「だったら降りなくてもできるだろ！　いいから乗ってろ！」

「でもみんなは危険を承知で降りて……」

「いいんだよ。ラティはプラムの事が心配みたいだから、そこにいてあげて」

「わ！　本当ですかラティ!?」

「うるせー！　言ってる場合かっ！」

丁度イングリス達に続いて、他《ほか》の機甲鳥《フライギア》も何台か集まって来ていた。

ラティたちは置いておいて、イングリスはそちらに呼《よ》び掛《か》ける。

「皆《みな》さんも、避難の手助けをお願いします！」

「ああ、分かった！」

集まった機甲鳥《フライギア》が散開して行く。

あとはこちらが、落ちて来る船を何とかするだけだ。

「あの二人、ちょっといいわよね――あーあ、あたしも彼氏《かれし》欲《ほ》しいなあ……」

「絶対ダメ。ラニにはまだ早いから、ダメだよ？」

「二人ともそんな事言ってる場合⁉　どうするのよあれ⁉」

「まあ、クリスが言う事だし何とかなるんじゃないかなぁって――ね、クリス？」

「うん。レオーネがいるしね？」

「私？」

「うん。あれを受け止められたとしても、手の届く所まで待ってるともうお城に突っ込んじゃうでしょ？　だから、もう少し上で叩いてあっちに落とせば――」

イングリスが指差したのは、王城の敷地《しきち》の端《はし》に設けられた桟橋《さんばし》だった。

湖から水路を引いて、城から直接湖に出られるようにしてあるのだ。

王城やその手前の住宅などの上に落とすよりは、水路に落とした方が被害は少なくて済む。

「叩く？　そうか、私の剣《けん》を伸ばして……!?」

「うんそう。限界まで剣を大きくしてね？　その方が弾き飛《と》ばしやすいから」

「それをあたし達で力を合わせて振るのね――」

「私一人じゃとても無理だけど――」

「三人ならできるかもしれないわね。何せクリスは怪力《かいりき》だしね！」

「ふたりだって魔印武具《アーティファクト》を持てば十分怪力だよ？」

「――とにかく、やるわね！」

レオーネが剣の魔印武具《アーティファクト》を強く握り締《し》めると、その幅《はば》と長さがグングンと増して行く。

「――これで限界よ！　もっと大きくしたいところだけど……！」

幅は手を広げた大人の数人分。長さは城の屋根に届く程になったが――

あの大きさの船を弾き飛ばすには、もっと獲物《えもの》の大きさが欲《ほ》しいのは確かだ。

「私に任せて下さい！」

ラティの機甲鳥《フライギア》に乗っているプラムが携《たずさ》えている魔印武具《アーティファクト》は、武器の形状をしていなかった。

キラキラとした銀色をした竪琴《たてごと》である。

プラムがそれを奏《かな》でると、流れる美しく済んだ旋律《せんりつ》と共に、レオーネとラフィニアの魔印武具《アーティファクト》が薄《うす》い光の膜《まく》に包み込まれた。

プラムの魔印武具《アーティファクト》が放つ音色は、周りの魔印武具《アーティファクト》の性能を強化する効果があるらしい。

味方を支援するための魔印武具《アーティファクト》なのだそうだ。

同じ騎士科のラフィニアから話には聞いていたが、イングリスも直接見るのは初めてだった。

「ありがとう――！　これでもっとできるわ！」

レオーネの剣の長さと幅が、更に倍近くに膨《ふく》れ上《あ》がる。

剣を振る力自体も強くなっているだろう。

ラフィニアも同じく、力が増しているはずだ。

魔印武具《アーティファクト》を持っていないイングリスに効果はないが、ラフィニアとレオーネの力を強化してくれるのは有《あ》り難《がた》い。

「もう来る――ラニ、レオーネ、準備はいい？」

もう船の姿はすぐ近くまで迫《せま》っていた。

「うん、いいわ！」

「ええ、行くわよ！」

イングリス達は三人で、巨大になったレオーネの剣の柄《つか》を握り締めた。

これもレオーネの使った奇蹟《ギフト》の影響《えいきょう》か、巨大化《きょだいか》した黒い剣の魔印武具《アーティファクト》の重みは、殆ど感じない。

落ちてくる船を弾き飛ばすためだけに、思い切り力を尽《つ》くせそうだ。

三人は呼吸を合わせ、剣を高く掲《かか》げた。

そして刃ではなく剣の腹を目標に向け、僅《わず》かな時間を待ち構える。

煙を噴き上げ、悲鳴にも似た軋《きし》んだ音を立てる巨大な船の影《かげ》が、すぐにイングリス達に覆い被《かぶ》さって来た。

「──来た！　今！」

「行くわよ！」

「ええ！　せーの！」

「「「はあああぁぁっ！」」」

ギャリイイイイイッ！

黒い剣の刀身と、落ちてくる船の先端《せんたん》とが衝突《しょうとつ》し、擦《こす》れて火花を散らせた。

猛烈な手応《てごた》えが、三人の手に伝わる。

歯を食いしばって踏《ふ》ん張《ば》ろうとするものの、身体ごと後ろに押《お》されて地面に引きずった跡《あと》が残る。

「くうううぅぅ……！　ちょっと重すぎるかも――!?」

「引きずられる！　このままじゃ……！」

ラフィニアとレオーネが、あまりの重さに顔をしかめる。

いくら二人がプラムの魔印武具《アーティファクト》で強化されたとはいえ、流石にあの巨大な船体を弾き飛ばすのは無茶だったのかも知れない。

――このままでは、の話だが。

「――なら仕方ない、ね」

イングリスの身体が青白い霊素《エーテル》の輝《かがや》きに覆われる。

霊素殻《エーテルシエル》を発動させたのだ。

今までは素の状態で剣を握っていたのである。

霊素《エーテル》で身を覆った状態で武器を使うと、霊素《エーテル》の威力により破壊されてしまうからだ。

それは魔印武具《アーティファクト》でも例外ではなかった。

少なくとも下級や中級のものはそうだ。

レオーネの上級魔印武具《アーティファクト》ならば耐《た》えるかもしれない。

が、できればそういう危険は冒《おか》したくなかった。

だがそれで押し負けては本末転倒《ほんまつてんとう》。もう遠慮《えんりょ》する場合ではない。

「残りの全力でやる……！」

残り少ない霊素《エーテル》だが、ここで一気に使い果たす勢いで振り絞った。

船の勢いに押し込まれ、後方に引きずられていた足元がぴったりと止まる。

霊素《エーテル》に覆われた黒い剣の刀身が、落ちてくる船と拮抗《きっこう》した。

船の先端部分が歪《ゆが》んで変形を始める。軋む悲鳴のような音が、より一層激しさを増す。

「い……いける！　さすが、クリスね！」

「このまま押し込みましょう！」

「うん……！　あと一押《ひとお》し――！」

だがその一押しが、ギリギリの所で一歩遠い。

かなりの連戦をしてきた上に、霊素弾《エーテルストライク》を二発も撃った後だ。

元々の消耗《しょうもう》具合が激しく、普段の全力は確実に出ていない。

この持久力のなさは、もっともっと鍛《きた》える必要があると痛感させてくれる。

「わたくしもお手伝いいたしますわ！」

イングリス達の目の前に、純白の翼《つばさ》を持つ人影《ひとかげ》が舞い降りて来た。

携える魔印武具《アーティファクト》の形状は斧槍《ハルバード》。

明るい色のふわりとした金髪《きんぱつ》の美少女だ。

奇蹟《ギフト》を発動したリーゼロッテの姿だった。

「リーゼロッテ⁉」

もし押し負ければ、イングリス達は船に押し潰《つぶ》されてしまうだろう。

これは命がけのせめぎ合いだ。

それに割って入って来るのだから、彼女《かのじょ》の勇気も大したものだ。

「お父様には安全な場所に避難頂きましたから、ね！」

リーゼロッテもレオーネの黒い剣の柄に手をかける。

彼女にもプラムの魔印武具《アーティファクト》の効果が及《およ》び、強化されている。

その力が、最後のあと一押しになってくれた。

「「「えぇぇぇぇぇぇぇいっ！」」」

バギイイイイイインッ！

押し勝った黒い剣の魔印武具《アーティファクト》が、完全に振り抜《ぬ》かれる。

巨大な船体が弾き飛ばされ、狙《ねら》い通り王城に繋《つな》がる水路の方に落ち、巨大な水柱を上げた。

そうして巻き上がった水が、小雨《こさめ》のようにイングリス達の頭上から降り注いだ。

「おおおおおおぉぉぉぉぉっ⁉」

「ゆ、夢かよこれは――！　とんでもねえものを見たぞ……！」

「す、凄い……！　凄いぞ君達いぃぃぃっ！」

「まるで奇跡《きせき》だ！　素晴《すば》らしい働きだ！」

その光景を見ていた者達から、一斉《いっせい》に歓声《かんせい》が上がった。

「イングリス！　みんな！　すげーぜ！　よくやったな！」

「ラティの言う通りです！　本当に凄いですみんな……！」

ラティとプラムも目を輝かせていた。

「ふう……何とかなったね。ちょっと疲《つか》れたかな」

イングリスは大きく一つ息をつく。

霊素《エーテル》を限界まで使い果たし、結構な脱力感《だつりょく》を覚えていた。

「ほんと！　もうあたし腕が限界よ、ぷるぷるしちゃってるし！」

「ふふふ。私もだわ。でも本当に良かったわね」

ラフィニアとレオーネは震《ふる》える腕を見せ合っている。

「間に合ってよかったですわ」

リーゼロッテも満足そうに頷《うなず》いていた。

その手をラフィニアがきゅっと握って、ニコッと笑顔《えがお》を向ける。

「ありがとう、助けてくれて！　あたし、あなたの事誤解してたみたいね！」

「いいえ、誤解ではありませんわ。確かにわたくしが不明でした――」

リーゼロッテはレオーネの方を向き深々と頭を下げた。

「お父様からお話は伺《うかが》いました。あなたの事を疑って申し訳ありませんでした。先日のご無礼をお許しください」

「え……？　あ――ううん大丈夫。わ、私は気にしてないから」

レオーネはかなり驚《おどろ》いた様子で、何故《なぜ》だか慌てている様子だ。

「ウソ。夜も泣いてたよねえ、クリス？」

「見てたんだ。わたしはずっと抱《だ》っこしてあげてたよ？　昔はラニにもよくこうしてたなあって、懐《なつ》かしくなっちゃった」

「「や、やめてよね！」」

顔を赤らめた二人に怒《おこ》られてしまった。

「とにかく……本当に申し訳ありませんでしたわ。それから、寮《りょう》の部屋割りは元に戻《もど》しませんこと？　あなたがもしよろしければ、ですが――」

「……！　ええ、喜んで」

レオーネがたおやかな笑顔を浮《う》かべる。

「わ！　良かったわねレオーネ！」

ラフィニアも嬉しそうに手を打つ。

「ええ！　ラフィニアのいびきでちょっと寝辛《ねづら》かったから……」

「きゃーっ!?」

「あれは、慣れたわたしじゃないと――ね」

イングリスはうんうんと頷く。

「うふふっ――はしたないですわね。でも面白《おもしろ》い方々ですわ」

バギィインッ！

不意に、何かが砕《くだ》ける硬い音がした。

「⁉　魔印武具《アーティファクト》が……⁉」

レオーネの黒い剣の魔印武具《アーティファクト》全体に大きな亀裂《きれつ》が入り、いくつかの破片《はへん》に砕けてしまった。

「あ――これは……⁉」

「ふ、負荷《ふか》がかかり過ぎたの……⁉　凄く重かったから……」

「ごめんレオーネ。これはわたしのせい――全力を出したから」

「ええっ⁉　そうなの……？」

「ごめんね、大事なものなのに――」

「イングリス……いいのよ。気にしないで？　こうしないと止められなかったんだもの、仕方ないわ」

そう言って笑うレオーネの顔は、晴れやかだった。

「はい、ミートソースパスタとグラタンとパエリアを三人前ずつね！　お待ちどおさま！」

「「ありがとうございます！」」

イングリスとラフィニアは、にっこりと満面の笑《え》みで料理を受け取った。

ここは騎士《きし》アカデミーの食堂。

既に第一陣《じん》の料理を平らげたイングリス達は、食堂のおばさんに料理の追加をお願いしに来たのだった。

「ほんと、いい食べっぷりだねえ。まだまだ作れるから、どんどん食べてどんどん強くなるんだよ！」

「「はい！」」

また声を揃《そろ》えて返事をすると、自分達の席に戻った。

「あ、相変わらずとんでもなく食べるわね……こんな朝から」

一緒の席に座《すわ》っていたレオーネは呆《あき》れ半分にそう言った。

「よ、よくそんなに入りますわね――信じられませんわ」

リーゼロッテは目を丸くしている。余程驚《よほどおどろ》いたようだ。

「そんなに食ってよく太らねえな、二人とも」

「ある意味羨《うらや》ましいですね……」

ラティやプラムも目を丸くしている。

「本当にね、私なんてちょっと食べ過ぎたらすぐにお肉になるのに――」

どうにもレオーネは太りやすい体質らしいので、羨ましそうだ。

「そう？　あたしはむしろお肉が欲しいわよ？　ここに――」

と、ラフィニアは自分の胸をぽんぽんと撫《な》でる。

「ねえどうやったら大きくなるの、レオーネ？」

「わ、私も知りたいです……！」

ラフィニアに似た体形のプラムも食いついていた。

リーゼロッテは双方《そうほう》の中間くらいなので、単に様子を眺《なが》めている。

「わ、分からないわよ。気が付いたらこうなっていただけだし……」

と、恥《は》ずかしそうにするレオーネの服の胸元《むなもと》には、リンちゃんが埋《う》まって寛《くつろ》いでいる。

「いいなあ――一回替《か》わってほしいわよ」

「私の体でそんなに食べたら、あっという間に凄《すご》く太るわよ？」

「つまり、太らない上にこっちも立派なクリスが最強って事よねー？」

「ひゃっ⁉　あ、当たり前みたいに胸を触《さわ》らないで、ラニ……！」

「いいじゃない、羨ましいんだから！」

「もう、せめてお風呂《ふろ》の中だけにしてってば――」

「お！　つまりこれからお風呂なら、クリスの胸を揉《も》み放題って事でよろしいと？」

「よろしくない！」

「あはは……でもそんなに食べて大丈夫？　これからラファエル様にお会いするんでしょう？」

　レオーネの言う通り、今日は騎士アカデミーの休講日であり、これから街に出てラファエルに会いに行く約束をしていた。

　先日の天上領《ハイランド》への物資献上を行う際の事件からは暫《しばら》くが経《た》ち、既にラファエルも王都に帰《き》還《かん》していた。

　隣国《りんごく》との国境に虹の王《プリズマー》の死骸《しがい》を輸送する任務は、大きな問題なく成功したそうだ。

　彼《かれ》と会うならば、ほぼ確実に何か食べさせてくれるという話にはなるだろう。

「うん。だから腹三分目くらいにしてるよ？」

二人は当然、と言いたげに口をそろえる。

「そ、それで三分目なのね——」

「そんなに食うんだと、メシ代も大変だろうなぁ」

「そうなのよねえ。田舎《いなか》から王都に出て来る時、食べ過ぎて途中《とちゅう》で路銀がなくなっちゃったりもしたわ」

ラティの指摘《してき》にラフィニアは頷く。

「ああ。そんな事もあったね」

「今は校長先生のおかげで食堂は食べ放題だけど——ずっとじゃないし、食べ放題が終わったら、ラファ兄様に言って食費をもらう事にする?」

「それも悪い気がするけど、ね」

「あーあ。この間の事で、どかーんとご褒美《ほうび》とかもらえればよかったのにね」

「仕方ないわ。表向きには何もなかったって事になったんでしょう?」

「うん。そうらしいね」

レオーネの言葉にイングリスは頷く。

ラファエルや正規の騎士団《きしだん》の留守中に起きた例の事件に関しては、公式には「原因不明の事故により天上領《ハイランド》の船が墜落《ついらく》した」という扱《あつか》いになるのだそうだ。

アールシア宰相《さいしょう》の部下は暴走して天上人《ハイランダー》の特使ミュンテーを討《う》とうとしたし、ミュンテーはミュンテーで自分の研究成果の魔印喰い《ルーンイーター》を強くするために、夜の王都に放って罪もない騎士たちを狩《か》らせていた。

そのどちらもが、それを理由に関係が悪化、あるいは武力衝突が始まっても不自然ではないような問題である。

天上領《ハイランド》側も王国側も、それを望まなかったという事だ。

以前のラーアルの時のように、全《すべ》てを血鉄鎖《けってつさ》旅団の仕業《しわざ》と認定《にんてい》する事も今回は少々難しい。むざむざ特使を血鉄鎖旅団に討ち取《と》られたとなると、責任者であるアールシア宰相や現場の騎士達《きしたち》の責任を問わねばならなくなるからだ。

結局のところ、何も事件はなかったという扱いにする方が一番丸く収まるのだ。

ただ、それゆえにイングリス達《たち》の活躍《かつやく》も公式にはなかった事にならざるを得ないのだった。事故だとしても、王城への船の墜落を食い止めたという部分はあるのだが、それも公式には初めから王城を逸れて墜落した事になっている。

そこで下手にイングリス達の名を出すと、あらぬ所から事故の経緯《けいい》について詮索《せんさく》を受けたり、濡《ぬ》れ衣《ぎぬ》を着せられたりする危険性もある。

特にあの中にはレオーネもいたため、疑念を持たれる事が容易に想像される。

ゆえに、同時になかった事にするのが一番安全である。

しかし、それでも何も音沙汰《おとさた》なしというわけには行かないという事で、イングリス達は近々王城で催《もよお》されるパーティーに招待される事になっていた。

今日はそこに着ていくドレスを見立てに行く予定だったのだ。

イングリス達にそんなお金はないので、ラファエルが買ってくれる事になっていた。

「よし、じゃあそろそろ行きましょクリス、レオーネ。王都のお店だから、きっとユミルより品揃《しなぞろ》えとか凄いわよ、楽しみよね？」

「うん。そうだね楽しみ」

相変わらず、イングリスは自分を着飾《きかざ》るのが好きだった。

「ちょっと意外よね。恋愛《れんあい》とか興味ないのにお洒落《しやれ》は好きなのね？　イングリスって」

「そこは、自分で見て満足して楽しむものだから。自己満足が大事なんだよ」

「な、なるほど……」

「クリスは何を着せても似合うから、着《き》せ替えさせると楽しいわよ！　さぁ行きましょ」

イングリス達は騎士アカデミーの敷地を出て、あまり人気のない裏門の前でラファエルの迎《むか》えを待った。

しかし、暫く待って現れたのは——

「あっ！　おーいみんなー！」

「久しぶりね」

姿を見せたのは、天恵武姫《ハイラル・メナス》のリップルとエリスの二人だった。

「エリスさんにリップルさん。お久しぶりです」

イングリスは丁寧《ていねい》に天恵武姫《ハイラル・メナス》のふたりに一礼した。

特にエリスと顔を合わせるのは数年ぶりだ。懐かしい気持ちになる。

「ええ。三年ぶりかしら。すごく綺麗《きれい》になったわね。あの時はまだ幼かったけれど、すっかり大人びたわ」

「ありがとうございます。エリスさんはお変わりありませんね」

「そうね。天恵武姫《ハイラル・メナス》だから」

天恵武姫《ハイラル・メナス》は長命だと聞いたが、数年ぶりに顔を合わせてもエリスの外見には一切《いっさい》の変化がなく、二十手前の美しい姿のままだ。

十五歳のラフィニアやレオーネと比べると幾分《いくぶん》大人の雰囲気であり、年齢《ねんれい》よりも少々大人っぽく見えるイングリスとは同年齢くらいに見える。

「お久しぶりです！」

「こんにちは！」

ラフィニアとレオーネもぺこりと一礼していた。

リップルはにこにこと愛嬌《あいきょう》のある笑みをイングリス達に向けた。

「聞いたよー？　この間の天上領《ハイランド》への物資献上《けんじょう》の時の話！　みんな大活躍《だいかつやく》だったみたいじゃん、本当ならボクたちが何とかしなきゃいけなかったのに、頑張《がんば》ってくれてありがとうね？」

「私からもお礼を言うわ」

「いいえ。別任務で留守中なら仕方ありません。おふたりが留守だったからこそ起きた事件かも知れませんし――」

もし天恵武姫《ハイラル・メナス》や聖騎士ラファエルが睨《にら》みを利《き》かせていれば――

アールシア宰相の部下の騎士達も、迂闊《うかつ》な真似《まね》はできなかっただろう。

特使ミュンテーも魔印喰い《ルーンイーター》の活動を控《ひか》えさせたかも知れない。

血鉄鎖旅団も警戒《けいかい》して、現場に現れなかったかも知れない。

つまり、そもそもあのような事態になっていなかった可能性が高い、と思う。

「おかげさまでわたしはいい実戦経験を積めましたので、感謝しています」

「うわ。中身は全然変わっていないのね、あなた――とんでもなく好戦的なままだわ」

そう言われて、イングリスは可愛《かわい》らしく微笑《ほほえ》み返す。

「はい。できれば再会を祝して斬《き》りかかって来て頂けると嬉《うれ》しいです。また手合わせをしましょう？」

「嫌《いや》よこんな所で！　変な人に思われるわ！」

「ははは。いいじゃん頼《たの》もしくて！」

リップルがそう言った瞬間《しゅんかん》──

イングリスはすっと右手を持ち上げていた。

バチィィィン！

直後、その手の内にギラリと輝く肉厚な刃《は》が収まっていた。

いきなり降って湧《わ》いた後頭上からの攻撃《こうげき》を受け止めたのだった。

完全な死角からの一撃《いちげき》だったが、イングリスはその気配を察知して反応した。

直後に、ドスンと大きな何かが着地する音がした。

つまり、上から飛び降りざまに攻撃をしたという事になる。

「っ!?」

「い、いきなり!?」

「な、何してるのクリス⁉」

イングリス以外の皆が、驚いた反応を見せる。

「ちょうど襲《おそ》って欲しい気分でした。ありがとうございます」

と、イングリスは襲撃者《しゅうげきしゃ》を振り返《かえ》る。

全く見慣れない、異形《いぎょう》だった。

青黒い皮膚《ひふ》をした、獣《けもの》の耳と尾《お》を持つ巨人《きょじん》――

身長はイングリスの倍はありそうだ。

体のあちこちには、硬質《こうしつ》の宝石のようなものが埋め込まれている。

それは一見して分かる魔石獣《ませきじゅう》の特徴《とくちょう》だ。

宝石の色は青で、体中が霜《しも》のようなものに覆われて、シュウシュウと冷気を立てていた。

かなり強力な氷の属性の力を持っている――と推察できる。

両の腕《うで》には、分厚い刀身の巨大《きょだい》な鉈《なた》のような剣を握《にぎ》り締めていた。

「あれ？　ラファ兄様じゃない」

まだ来ていないラファエルが来たのかと思ったのだが――

全く無関係の魔石獣がいきなり襲って来た、という事になる。

しかも獣の耳と尾こそあれ、人型をした魔石獣だ。

「兄様はそんな事しないわよ！」

「気を利かせてくれたのかなって」

その瞬間、魔石獣はイングリスの方に顔を向けて答える。

イングリスはラフィニアの死角から刃を振《ふ》り下《お》ろして来た。

が――イングリスは全くそちらを見ず、何でもない風にそれを受け止めていた。

そのままぐいと引き寄せて、腕を掴《つか》んで動きを止める。

「そんなわけないじゃない。それより何なのこれ、人型の魔石獣よ！」

「という事は、天上人《ハイランダー》……!?」

ラフィニアもレオーネも驚いている様子だった。

この地上では虹の雨《プリズムフロウ》の影響《えいきょう》で自然の生き物が魔石獣と化し、人々を襲う。

普通《ふつう》の人間は虹の雨《プリズムフロウ》で魔石獣化する事はないが、天上人《ハイランダー》は魔石獣化する事があり得る。

イングリスは既《すで》に何度か、その現場に遭遇《そうぐう》していた。

しかしそれがいきなりこの場に現れるとは、明らかに異常な事態ではある。

そもそも虹の雨《プリズムフロウ》など降ってはいない。

「違《ちが》うよ、獣人種の魔石獣だよ。獣人種には虹の雨《プリズムフロウ》が効くから――ボクは天恵武姫《ハイラル・メナス》だから
別だけどね」

リップルは犬のような耳と尻尾《しっぽ》を持つ獣人種だ。

天恵武姫《ハイラル・メナス》がどう誕生するのかは知らないが、リップルに同族意識はあるらしい。

不意に現れた魔石獣を見る目には憐《あわ》れみと哀《かな》しみがこもっていた。

「また現れたわね。とにかく放ってはおけないわ」

エリスは厳しく表情を引《ひ》き締めていた。

「また？　おふたりは何かご存知《ぞんじ》なのですか？」

「ボク達が王都に戻って来てからかな、どこからか急に魔石獣が現れるようになったんだよ」

「原因は分からないけど——一度や二度じゃないの」

「とにかく魔石獣が出たならぶっ飛ばさないとだよね。それがボク達の使命なんだから」

そう言うリップルの表情は冴《さ》えない。顔が赤く上気しているように見える。

見たままを言うと、風邪《かぜ》でもひいて具合が悪そうに見える。

——天恵武姫《ハイラル・メナス》が風邪をひくのかは疑問だが。

「リップルさん大丈夫《だいじょうぶ》ですか？　具合が悪そうに見えますが？」

「う、うん大丈夫だよ——すぐ直るから」

「突然《とつぜん》魔石獣が現れた時に、こうなったりするのよ。何故《なぜ》かは分からないけれど」

そうエリスが補足する。

「これを倒《たお》せば？」

「そうね。今までは戻っていたわ」

「そうですか。ならば――」

イングリスは組み止めていた魔石獣を、力任せに押し返した。

巨体《きょたい》を誇《ほこ》る獣人種の魔石獣だが、成す術なく後ろにつんのめって転倒《てんとう》した。

「いいパワーしてるね、イングリスちゃん……！」

「馬鹿力《ばかぢから》よね。あんなほっそりした見た目で――」

その間に、イングリスは素早《すばや》く霊素《エーテル》を魔素《マナ》に変換《へんかん》。

生み出した魔素《マナ》を操《あやつ》り、氷の剣を生成した。

「わたしが倒します。少々お待ちください」

イングリスは事も無げにそう言うと、蒼《あお》い刃を魔石獣に向けた。

「はぁっ！」

イングリスは魔石獣に踏み込み、分厚い胸板《むないた》に向けて氷の剣の突《つ》きを放つ。

その速度は凄《すさ》まじく、魔石獣は一歩も動けずにそれを受けた。

キィインッ！

澄《す》んだ硬い音と共に、魔石獣は大きく仰《の》け反《ぞ》る。

剣の威力《いりょく》に圧された形――だが、氷の剣自体は切っ先を弾《はじ》かれ、先端が少し欠けてしまった。魔石獣の硬質の胸板には、ほんの少しの窪《くぼ》みのような傷が残っただけだ。

イングリスの剣速と威力ならば、一撃で貫《つらぬ》いても不思議ではないはず。

それがこうも、ダメージを与《あた》えられないのは――

「クリス！　属性属性！」

この魔石獣の宝石の色は青。

つまり、氷の魔素《マナ》への耐性《たいせい》を示している。

これが赤であれば炎《ほのお》、緑色であれば風の魔印武具《アーティファクト》に対して強いという事になる。

体に複数の色の宝石を持つ個体は、その分複数の耐性を備えた上位種という事だ。

なので騎士団が魔石獣を討伐《とうばつ》する際は、複数の属性を揃えるように人員を揃え、魔石獣の耐性とは異なる魔印武具《アーティファクト》で攻撃するのが基本戦術だ。

ラフィニアの持つ光の属性やレオーネの持つ闇《やみ》の属性は、中でも希少な上位的属性であり、耐性を持つ魔石獣はごく僅かだ。

ゆえに聖騎士に次ぐ素質を持つ騎士であると言えるだろう。

今イングリスが繰《く》り出《だ》した氷の剣《けん》は魔印武具《アーティファクト》ではないが、氷の属性という事になる。

魔石獣の耐性により殆《ほとん》どの威力が削《そ》がれた結果が、これだ。

「うん、ラニ。分かってるよ」

ほんの少しだが、魔石獣に傷はついている。

せっかくなのであえて同属性で攻撃したらどうなるか？を試《ため》してみたのだ。

属性が同じなら完全に無効化されるのか？

大幅《おおはば》に威力が削がれるだけで、多少は通用するのか？

答えは後者だったようだ。

「分かってるなら別の属性で攻撃しなきゃ――」

「ううん。見て、ちょっとだけど傷は付いてるから」

ならば――

「――手数が多ければ、倒せる！」

イングリスは一点のみを狙い澄まして連続突きを放つ。

他《ほか》の者からすれば、その腕や剣先《けんさき》がいくつにも分裂《ぶんれつ》して見える程《ほど》の高速だ。

　ドガガガガガガガガガガッ！

　岩を無理やり削《けず》り落とすような音が響《ひび》き渡《わた》る。

　氷の剣が正確無比に魔石獣の胸板の一点を穿《うが》つ事で、見る見る間に胸の傷が深く大きくなって行く。

「おぉ……！　やるねイングリスちゃん……！」

「あの子、あれでまだ全力じゃないわよ。だけど確実に腕を上げてるわ――――！」

　天恵武姫《ハイラル・メナス》の二人はイングリスの動きをそう評価する。

「はあぁぁっ！」

　大きく踏み込んで放った最後の一突《ひとつ》きは、魔石獣の背中まで突き抜けていた。

　力を失った巨体が、大きな音を立ててその場に崩《くず》れ落《お》ちる。

　あっという間の決着だった。

「クリスってば……パワーとスピードでごり押したわね」

「対魔石獣の基本を無視したわよね。耐性は避《さ》けるのが基本なのに……」

「あえて相手の強みを受け止めるのって大事だと思う。その方が手応《ごた》えがあるし、ね」

　どんな戦いでも、少しでも自分の成長の糧《かて》としたい。

であれば、相手の力を十分に発揮させた上で勝つ。これが一番いい訓練になるのだ。

「クリスらしいわねー……まあ、あたしは普通に違う属性で倒すけど」

「私もラフィニアに賛成かな――」

「いい訓練になるのに」

二人にはあまり理解されないようである。

「――他にはもういないようね」

「ありがと、イングリスちゃん。助かったよ」

「いいえ、いい運動ですから。それよりも、リップルさんの体調は大丈夫ですか？」

「うん。ちょっとラクになって来たよ～大丈夫《だいじょうぶ》大丈夫《だいじょうぶ》」

まだ少々具合は悪そうに見えるが、リップルはぱたぱたと手を振った。

「そうですか。しかし、あの魔石獣はどこから――」

イングリスは空を見上げるが、そこには晴天があるだけだった。

特に何の変哲《へんてつ》もないように見える。

「いきなり上から降って来たわよね？」

「ええ。驚いたわよね――」

ラフィニアとレオーネも空を見上げる。

「獣人種の魔石獣なんて、滅多《めった》にいるもんじゃないよ。今じゃ獣人種なんて殆どいないんだから――やっぱりボクに何か関係が……？」

「何も分からないわ。詳《くわ》しく調べて貰《もら》わないと――天上領《ハイランド》から新しい特使がやって来るのを待ちましょう」

「うん、そうだね」

「ところで、エリスさんもリップルさんもどうしてここにいるんですか？　あたし達、ラファ兄様と待ち合わせていたんですけど」

と、ラフィニアが尋《たず》ねる。そこは当然の疑問である。

「ええ――それね。ラファエルは急な任務で出られなくなってしまったのよ」

「それでボク達が伝言と、衣装代を預かって来たよ。今度の新特使就任パーティー用のドレスを買うんでしょ？　はい、どうぞ」

と、リップルがラフィニアに金貨の入った革袋《かわぶくろ》を手渡《てわた》した。

「わ！　ありがとうございます！」

「わざわざすみません」

「天恵武姫《ハイラル・メナス》にそんな事をお願いするなんて――」

「いいのいいの。ボク達が言い出して引き受けたんだし。その代わり、ボク達もショッピングに付き合わせてね？」

「えぇっ？　ちょっとリップル、用が済んだらすぐ帰るんじゃなかったの？」

「いいじゃん！　息抜《いきぬ》きだよ息抜き。最近虹の王《プリズマー》の死骸に張り付いて気を張ってたんだし、たまには女の子らしい事しようよ？　イングリスちゃん達と一緒《いっしょ》なら楽しんでもいいでしょ？」

「あなた具合悪いんでしょ？　遊んでないで休まないと」

「病は気から！　楽しければ治るんだよっ」

「無茶苦茶《むちゃくちゃ》ね――」

エリスはふう、とため息を吐《つ》いていた。

「……何だかリップルさんはラニに似てるね？　わたしもいつも振り回《まわ》されるし」

「はぁ？　あたしの方こそクリスがやる事にいつも振り回されてるんですけど？」

「イングリスは、やる事が色々派手だから……」

「私はあなたみたいに戦闘狂《せんとうきょう》じゃないわよ？」

「あはは、エリスはイングリスちゃんほどお転婆《てんば》じゃないかなあ」

誰《だれ》も同意してくれなかったが、ともあれ天恵武姫《ハイラル・メナス》の二人と一緒に買い物に行く事になった。

◆
◇
◆

それから数日後——騎士アカデミーの女子寮《じょしりょう》。

コンコン、コンコン。


イングリス達の部屋の扉《とびら》がノックされた。

どうぞ、と応じると扉が開いてレオーネが顔を覗《のぞ》かせる。

既に準備万端《ばんたん》に整った、青紫色《あおむらさきいろ》のドレス姿である。

「イングリス、ラフィニア！　そろそろ時間よ、まだかかりそう？」

「しーっ、静かに！　集中が乱れるから……！」

と、真剣《しんけん》な表情のラフィニアはレオーネの方を見ずに言う。

ラフィニア自身は、既に黄色のドレスを着て準備は終わっていた。

「ごめんね、レオーネ。ラニは集中して殺気立ってるから。それよりドレス似合ってるね、可愛いよ」

「ふふ……ありがとう。でもイングリスには敵《かな》わないわね」

イングリスの支度《したく》も既に殆ど終わっており、鮮《あざ》やかな赤のドレスに身を包んでいた。

今は最後の仕上げにと、ラフィニアがイングリスの髪《かみ》を結《ゆ》い上《あ》げようとしている。

イングリスを美しく着飾らせるのは、ラフィニアの趣味《しゅみ》である。

故郷のユミルで仲良くしていた仕立て屋の女主人に色々教わるうちに、自然とこういう事もできるようになっていた。

「そう？　でもレオーネが可愛いのも事実だから――」

「そう言ってもらえると自信になるわ」

「――よしできた！　クリス、立って一周回ってみて？」

「うん」

イングリスがくるりと回ると、ドレスの裾《すそ》がふわりと舞《ま》った。

結い上がった髪の飾《かざ》りが、キラリと輝《かがや》く。

「凄く綺麗よ。男の人じゃなくても見とれちゃうわね」

「これだからクリスの着せ替えは止められないのよね～。最高の素材だもん」

「ねえラニ、もう鏡を見てもいい？」

「うん。いいわよ」

　イングリスは部屋の入口の壁《かべ》に置かれた姿見に自分を映した。

　王都の仕立て屋で買ったドレスは一段と滑《なめ》らかな光沢《こうたく》のある上質の生地《きじ》で、所々に精緻《せいち》な刺繍《ししゅう》の施《ほどこ》された手の込んだものである。

　イングリスがそれを着て、ラフィニアが髪を結い上げ飾り立《た》てると、普段《ふだん》から絶世の美女であるイングリスがまた一段と美しく輝く。

　ドレスから覗く真っ白な柔肌《やわはだ》自体が、何にも勝《まさ》る宝物のようだ。

「おお……！　すごいね——すごくいい……！」

　色々な角度を見てみたくなり、姿見の前で様々にポーズを取ってみる。

　そのどれもが、素晴《すば》らしいの一言である。

　我ながら、よくもまあここまで美しく育ったものだ。

「ふふっ……ふふふふっ♪」

「うんうん。自分で自分に興奮するクリスが可愛くって好きよ、あたし」

「確かにね。あんまり完璧《かんぺき》過ぎても近寄り難《がた》いし」

　と、レオーネが笑顔《えがお》になった時——

　ぐきゅ〜！

ぐきゅ～！

イングリスとラフィニアのお腹《なか》が同時に鳴った。

「……お腹空いたね？」

「そうね。今日はお城のパーティーのごちそうのために食べてないし」

ラフィニアの提案で今日は二人とも我慢《がまん》して来たのだ。

「も、もう二人とも！　別の意味で近寄りがたいわよ、私までお腹が鳴ってるって思われるじゃない」

「……はしたないかな？」

「ええそうね。特にイングリスのその綺麗さでお腹なんて鳴ってたら、凄くビックリされるわよ？」

「やっぱり、何かちょっとでも食べておいた方がよかったかな――」

「もうそんな時間ないわよ、クリス。さっと会場に行って何か食べればいいのよ。さぁ行きましょ、おいしい料理があたし達を待ってる！」

「……そうだね。善は急げだね」

「もう校長先生も待っているわ。行きましょう」

イングリス達が寮《りょう》から出た中庭に、ミリエラ校長が待機していた。

今日のパーティーには彼女《かのじょ》も出席するそうで、イングリス達を引率《いんそつ》してくれるらしい。

彼女が呼んでくれた馬車もすでに準備万端だ。

「わあ～！　皆《みな》さんよく似合ってて可愛いですねえ、すっごく華《はな》やかですよ！」

「「ありがとうございます」」

「ささ、馬車に乗って下さい。王城に向かいますからねえ」

四人が乗り込んで、馬車が出発する。

その車内で、ラフィニアがミリエラ校長に尋ねる。

「校長先生はドレス着ないんですか？」

確かにミリエラ校長は学園の教師のローブ姿のままだった。

「そうですねえ。一応こう、校長としてキッチリ交渉《こうしょう》したいですからねえ」

「何の交渉ですか？」

と、レオーネが首を捻《ひね》る。

「もちろん、今まで下賜《かし》されていない新型の装備を貰えないかなあって話ですよ。今日は新しい特使様に直接お願いするいい機会ですからねえ。あの空飛ぶ戦艦《せんかん》とか欲《ほ》しくないですか？　欲しいですよね？　ね？」

ミリエラ校長の目が輝いていた。

「いいですね。わたしは最新式の対人殲滅《せんめつ》兵器が欲しいです。お願いしてみて貰えませんか？　ぜひ戦ってみたいので」

「い、いやそんな物騒《ぶっそう》なものは——しかもそれ戦って壊《こわ》す気満々じゃないですかあ！　せっかく貰ったものを壊さないで下さい」

あっさりと却下《きゃっか》されてしまった。

「でも校長先生、そんなお願いが通用するんですか？」

「レオーネの言う通りよね。またあのミュンテー特使みたいな天上人《ハイランダー》だと……」

「ある意味色仕掛《いろじか》けなら通用しそうだけど——」

「……物凄《ものすご》く危険よねー。それ。あたし絶対嫌だわ」

ラフィニアとレオーネが囁《ささや》き合っている。

「まあ今度の方はちゃんとお話しが通じる方ですよ。実は私、面識があるんですよねえ」

「では、以前に地上の視察の経験がある方なのですか？」

「それもあるでしょうけど、主には逆ですねえ。天上領《ハイランド》に留学していた時にお世話になった方なんですよねえ——いい人ですよ？　天上人《ハイランダー》にしては珍《めずら》しく……って言わなきゃいけないのは、悲しい事ですけれどね」

「へぇ……天上領《ハイランド》に留学なんてできるんですか？」

ラフィニアが興味深そうに聞く。

「かなり特殊《とくしゅ》な例ですけれどね？　昔ウェイン王子が天上領《ハイランド》に留学なさった時に護衛を兼《か》ねてご一緒したんですよねえ。私もこれでも特級印なんて持っていますからね、腕を買われてと言うやつです」

「じゃあ校長先生はウェイン王子とも仲がいいんですね、すごーい！」

「ふふっ。それ程でもないですよ。まあ、幼馴染《おさななじみ》というやつですかねえ？」

「では校長先生だけでなくウェイン王子とも親しい方が特使になられると――」

「はい。このコネを思いっきり利用して、今まで貰えなかった装備なんかも貰えるようにお願いしちゃいましょう！」

「血鉄鎖旅団も空飛ぶ戦艦を保有しているようでしたし、こちらにも必要かも知れませんね」

「ええ。それは由々《ゆゆ》しき事態ですが、逆に新装備を要請《ようせい》する理由としては十分です。首領の黒仮面が何者かは分かりませんが、よくあんなものを手に入れられたものです」

「天上人《ハイランダー》の協力者がいるという事でしょうか？」

「かも知れませんね。あるいは彼自身が天上人《ハイランダー》であるとか……」

「そうですね。その可能性もありますね」

「……あの黒仮面の正体がレオンお兄様だっていう可能性もあると思うわ。私の事を助けたし――」

「色々可能性がある――でもそれって何も分からないって事よね？」

「うんラニ、そうだね。でも一つだけ確かな事があるよ」

「何？」

「かなり強いって事。次に会った時こそ、ちゃんと戦いたいね。あの仮面を剥《は》いであげたら、口封《くちふう》じに本気で倒しに来てくれるかな――」

「はは……正体を突き止《と》めるためとか本音を知るためとかじゃなくて、怒《おこ》らせて向かって来させるために仮面を剥ぐのね？　クリスらしいわねー」

「だってあの人、わたしと戦うのを避けようとするし――わたしは戦いたいのに」

「ま、まあ動機はどうあれ結果的に血鉄鎖旅団の首領の正体を明らかにし、捕《と》らえられるならば、お国としては願ったりだと思いますよお。だから次に会ったら思いっきりやっちゃって下さい。私が許しますからねえ」

「ありがとうございます。その過程で何があっても、校長先生が責任を取って下さるという事ですね？」

「いやそう言われると怖《こわ》いんですけど……何をするつもりですか、何を──」

そんな話をしているうちに、イングリス達の乗る馬車は王城へと近づいて行く。

第9章 ♦ 15歳のイングリス　天恵武姫の病　中編

馬車が会場へ到着《とうちゃく》すると、様々な色の明かりによって彩《いろど》られた夜のお城がイングリス達を出迎《でむか》えた。

あれはどうやって色を出しているのだろうか。

楽士たちの奏《かな》でる音楽も聞こえて来て、どことなく幻想的《げんそうてき》な雰囲気《ふんいき》だ。

「わぁ、何だか綺麗ね――」

レオーネが嬉しそうに目を細めている。

ラフィニアも目を輝かせてはしゃいでいた。

「すごーい！　さすが王都は違うわね、何か手が込んでるわよ！　ね、クリス？」

「うん。そうだね」

「これは料理の方にも期待大よね？　絶対美味《おい》しいに決まってるわ」

「楽しみだね」

「着きましたねえ。じゃあ降りましょうか、みなさん」

「よーし早く行こう、クリス！　もうお腹空いてたまらないわ！」

真っ先に馬車を降りたラフィニアが、我慢できずに走り出そうとする。

「あ、ラニ。その格好でそんなに走ると転ぶよ？」

「きゃんっ!?」

ドレスに合わせて、靴《くつ》も普《ふ》段《だん》履《は》かないような踵《かかと》の高い靴だ。

いつもの調子で駆《か》け出したラフィニアは、すぐさま転んでいた。

「ああもう、言ったそばからすぐこれだから――下着が見えてるよ、早く隠《かく》して」

イングリスはラフィニアの捲《まく》れたドレスの裾を直してから、助け起こそうとする。

「はは……ごめんごめん、ありがとクリス」

そこに、駆けつけてきた人影《ひとかげ》があった。

「ラニ！　大丈夫かい!?」

駆け寄《よ》って来たのは、ラファエルだった。

イングリス達《たち》が来るのを待っていてくれたのかも知れない。

彼《かれ》はラフィニアを助け起こすのを手伝ってくれた。

「よっと……！　怪我《けが》はないかい？　あまりクリスに迷惑《めいわく》をかけてはいけないよ？」

「あいたた……は～い、兄様」

「クリス、迷惑をかけるね。いつもラニをありがとう」

「いいえ、お互《たが》い様《さま》ですから」

と、イングリスが微笑《びしょう》を向けると、ラファエルは少々呆《ほう》けたような顔をする。

心ここにあらず、といったような様子だ。

「兄様、どうかなさいましたか？」

「いやごめんよ。その姿をはじめて見たから、見とれてしまって……本当にきれいだね」

「ありがとうございます。ラニが色々やってくれたおかげです」

イングリスが着飾《きかざ》るのが好きなのは自己満足であって、自分で自分の姿を楽しむためのものだ。

特に褒《ほ》められたいという欲求はないのだが、褒められて悪い気分になるわけでもない。

「でしょでしょ⁉　今回のはあたしの自信作なんだから！」

「ああ、ラニにはそういう才能もあるのかもね」

むしろラフィニアが嬉しそうである。

ラフィニアの方が嬉しそうなのは、イングリスにも嬉しい事だ。

「それから、その——リンちゃんも連れて来てくれたようだね」

リンちゃんも連れて来て欲しい、というのは事前にラファエルから言伝《ことづて》を受けていた。

何のためかは知らないが、リンちゃん自身は今イングリスの胸の谷間から顔を出して外の様子を窺《うかが》っていた。

「あ～、兄様。今クリスの胸元《むなもと》を見たわね？　じゃないとリンちゃんがいる事分からないわよね？」

「す……済まない！　ついその――どこにいるかと捜していたのもあるし……！」

男性が女性をそのように見る事は、無理からぬ事。本能である。

前世で男性を経験したイングリスには分からないでもない。

そういう視線を受けて心地《ここち》好いかと言われれば別だが。

ラファエルが罪悪感からか耳まで赤らめているのは、初心《うぶ》だなと逆に感心した。

王都に出て何年も経《た》ち大人になってはいるが、少年の頃《ころ》のような純粋《じゅんすい》さがそのまま残っているような感じである。少々微笑ましい気もする。

「ですが兄様、リンちゃんがどうかしたのですか？」

「ああ、セオドア様の――新任の特使殿《どの》のたっての願いだそうなんだ」

「えぇっ⁉　そんな人に目をつけられて大丈夫かなあ、リンちゃん――」

「天上領《ハイランド》の特使の方が……？」

「それは心配ないと思う。ノーヴァの街の事でラニ達に教えて貰った内容は、僕《ぼく》からすぐにウェイン王子に報告しておいたんだ。だが王子はミュンテー特使にはリンちゃんの事は伏《ふ》せていた。それを今度のセオドア特使には明らかにした。つまり、相手が信用できると判断——」


ぐきゅ〜！

ぐきゅ〜！


イングリスとラフィニアのお腹が同時に大きく鳴った。

「うわっ⁉　ど、どうしたんだい？」

「お腹空いたの……朝から何も食べてないから」

「わたしもです。ここで美味しいものが食べられるからと——」

「そ、それはいけないね……なら話は後にして、食べ物の所に案内しようか？」

「「お願いします！」」

イングリス達は目を輝かせる。

「はは……よっぽどお腹が空いているみたいだね」

「ラファエル様、私からもお願いします。この子達のお腹が鳴って、一緒にいると恥《は》ずかしいんです」

「ですねえ。とりあえず何か食べた方がいいですね」

レオーネとミリエラ校長も困り顔だった。

「じゃあ早速《さっそく》行こう。こっちだよ」

と、ラファエルに続いてイングリス達は城の建物に入り足早に進む。

その場を通り過ぎて行くだけで、イングリスの姿は出席者たちの視線を釘《くぎ》づけにしているようだった。

「うわ……！　おい見たか？　あの子、何て綺麗《きれい》なんだ――」

「ああ、あんな可愛《かわい》い子見た事がないぞ――ラファエル様のお知り合いかな？」

「まるでお人形みたいに、全部が完璧ね……！　女でも見とれるくらい――」

「一緒にいる子達も可愛いなあ。ミリエラ様が一緒だから、騎士《きし》アカデミーの生徒さんなのかもな」

そんな声が聞こえてくる中――

ぐきゅ～！

「⁉　な、何だ……⁉」

「お腹の音……？」

「ははは……済まないね。忙《いそが》しくて食事をする時間が取れなくてね」

と、ラファエルが周囲に取りなしてくれる。

「兄様、優《やさ》しい～！　大好きっ♪」

「ありがとうございます、兄様」

「ああ、いいんだよ。さ、この大広間に食事が用意されているよ」

案内された部屋には、所狭《ところせま》しと料理の大皿が並べられたテーブルがいくつもあり、美味しそうないい匂《にお》いが充満《じゅうまん》していた。

山盛りにされている、高そうなお肉のステーキ。

魚介《ぎょかい》を贅沢《ぜいたく》に使った、色鮮《いろあざ》やかなパスタ。

デザートのチョコレートケーキは、塔《とう》のように綺麗に積み上げられている。

他にもまだまだあるが、そのどれもがとても美味しそうである。

空腹のイングリスとラフィニアにはたまらない。これは素晴らしい宝の山だ。

「やったぁ！　さぁクリス、食べよう！」

「うん……！　美味しそうだね」
イングリス達が、いそいそとお肉料理のテーブルに近づくと――

ヴゥウン……！

空気が歪《ゆが》んだような振動《しんどう》。そして魔素《マナ》のゆらぎを感じる。
ほぼ同時に、上からふっと、何かの影《かげ》がよぎった。

がしゃあああぁぁぁぁんっ！

テーブルとお皿と、そこに並ぶ料理が吹《ふ》っ飛《と》んだ。
上から巨大《きょだい》な何かが飛び降りてきて、破壊《はかい》されたのだ。
「な……!?　魔石獣《ませきじゅう》――!?　こんな所にも！」
レオーネが声を上げる。
獣《けもの》の耳と尾《お》のある、人型をした魔石獣だった。
先日見た獣人種の魔石獣である。

それが、高い天井《てんじょう》の上から飛び降りて来たのだ。

最悪な事に、テーブルの真上の空間に湧《わ》いて出たようだ。

突然《とつぜん》の闖入者《ちんにゅうしゃ》に、人々から驚《おどろ》きと恐怖《きょうふ》の叫《さけ》び声《ごえ》が上がる。

「あぁぁぁぁぁーっ⁉　あたしのお肉が⁉」

ラフィニアの悲鳴は別の意味である。

せっかくの料理が床《ゆか》にぶちまけられて、台無しになっていた。

「うう……まだ三秒経ってない、経ってない……！」

「らめりゃよらに、おちらもにょをひりょってふぁふぇるにゃんて」

拾い食いはダメ、とイングリスはラフィニアを制止する。

――口をもぐもぐさせながら。

「ちょっとクリス⁉　何食べてるの⁉」

「おにきゅ。おちりゅまえにゅうけとめらの（おにく。落ちる前に受け止めたの）」

あの瞬間《しゅんかん》――お肉が床にぶちまけられる寸前の空中で可能な限りを確保し、自分の口に放《ほう》り込んでいたのだ。

修行《しゅぎょう》のために行っている自分自身への高重力負荷《ふか》を解き、更《さら》に霊素殻《エーテルシェル》まで発動した全速力だった。

美味しい料理を救うためには、自重はいらないのである。

「あああぁっ⁉　ずるいクリスだけ！」

お肉を頬張《ほおば》るイングリスを見て、ラフィニアが悲鳴を上げる。

「らいひょうふ。らににょもあるひょ（大丈夫《だいじょうぶ》。ラニのもあるよ）」

イングリスはお肉を何個か突《つ》き刺したフォークをラフィニアの口に運んだ。

「ひゃふはくりしゅにゃ！　はにゃしはは、かりゅは！（さすがクリスね！　話が分かるわ！）」

と、喜ぶラフィニア。

同時にイングリスの口の中は空になっていた。

もっと食べたかったが、イングリスにとってラフィニアは可愛い孫娘《まごむすめ》のようなもの。

孫に食べ物を分けてあげない祖父母がどこにいるだろうか。

「まだ無事なテーブルもあるし、わたしたちの料理を守ろう」

「うみゅ！（うん！）」

「もう。料理より巻き込まれた人達でしょ、私達は国と人を守る騎士になるんだから」

生真面目《きまじめ》なレオーネらしいお小言である。

「まあ、結果的には一緒だから」

と、イングリスはレオーネに振《ふ》り返《かえ》って応じる。

ガアアアァッ！

その瞬間、落ちて来た獣人種の魔石獣がイングリスに肉薄《にくはく》していた。

「イングリス！　うしろ！」

「うん」

無論気配は把握《はあく》している。振り向《む》いて大丈夫だから振り向いたに過ぎない。

イングリスはぴっと自分の人差し指を魔石獣の方に向ける。

白い指先には既《すで》に、青白い霊素《エーテル》の輝きが収束していた。

霊素穿《エーテルピアス》――

指先から細い霊素《エーテル》の光線を発射する戦技である。

狙《ねら》いは魔石獣の額に――既についている。外さない。

「霊素《エーテル》ピア――」

しかしイングリスが光を放つ寸前、魔石獣との間に割り込んだ人影が――

「クリス、下がって！」

ラファエルだった。

彼の立ち位置とは、それなりに距離《きょり》があったはず。

イングリスをも驚かせるような、素晴らしい踏《ふ》み込みの速さである。

「速い……！」

まるで一陣《じん》の風か稲光《いなびかり》のようだ。

予想外だったので、逆に霊素穿《エーテルピアス》で撃《う》ってしまいそうで危なかった。

間一髪《かんいっぱつ》のところで指を引っ込める事はできたが。

「ラニやクリス達を、傷つけさせるものかっ！」

ラファエルの持つ魔印武具《アーティファクト》は、腰《こし》に佩《は》いている竜《りゅう》の意匠《いしょう》が施された長剣《ちょうけん》だ。

それを抜《ぬ》き放つと、紅《あか》い宝石のような半透明《はんとうめい》の刃《は》が露《あら》わになった。

淡《あわ》く発光さえしているだろうか。美しい刀剣《とうけん》である。

だがそれより何より価値があるのは――その魔印武具《アーティファクト》を以《もっ》てラファエルが繰《く》り出《だ》した斬撃だった。

紅い光のような剣閃《けんせん》が縦横無尽《じゅうおうむじん》にほとばしると、魔石獣の巨体《きょたい》が一瞬《いっしゅん》でバラバラになっていたのだ。

「おお……！　すごい――」

武器がいいというのもあるだろうが、凄《すさ》まじい力に速度に技《わざ》の切れだ。

純粋な技量では、かつて手合わせをした聖騎士のレオンをも上回っている。

天恵武姫《ハイラル・メナス》のエリスやシスティアも同じく――

これは素晴らしい。よくぞここまで腕《うで》を上げたものだ。

かつて少年の頃のラファエルに感じた才能の煌《きら》めきが、そのまま曇《くも》らずに磨《みが》き上げられて行った結果だ。

彼生来の生真面目さや責任感の強さもあるだろうが、ビルフォード侯爵《こうしやく》や叔母《おば》イリーナ達の教育の賜物《たまもの》でもあるだろう。

全《すべ》てが収束して、今ここに凄まじい剣技《けんぎ》を誇《ほこ》る聖騎士ラファエルがいる。

中々感慨深《かんがいぶか》いものだ。イングリスは思わず体に震《ふる》えを覚えていた。

無論武者震《むしやぶる》いだ。これは是非《ぜひ》とも戦いたい。手合わせをしたい。

「さすが兄様ね！　こんなに動きが見えないのって、クリス以外にないもん！」

「ラファ兄様、特に五回目の斬《き》り落としと十七回目の突《つ》きは見事だったと思います。動きが美しかったです」

「イングリス、全部見えたの⁉」

「うん。二十一回斬ってたよ？」

「そんなに⁉　ねえラフィニア、何回見えた……？」

「はじめの二、三回だけ――」

「そうよね？　良かった、私だけじゃないわよね――」

と、ラフィニアとレオーネが囁き合っていた。

「ははは――クリスにはお見通しか。手助けなんて必要なかったのかも知れないね。でもつい体が動いてしまって……すまない」

「いえ、いいものを見させて頂きました。今度是非《ぜひ》手合わせをお願いします。全力で」

「い、いやそれは――怪我をしてはいけないし……まあ稽古《けいこ》くらいなら、いつでも」

と、ラファエルは曖昧《あいまい》な笑顔を浮《う》かべる。

どうすれば本気で戦ってもらえるだろうか――これは考えねばならないだろう。

「ラファエルさん。ここは彼女達《かのじょたち》に任せて、ウェイン王子やセオドア特使の所に行って下さい。あの方達に何かあっては取り返しがつきません」

と、ミリエラ校長がラファエルに願い出る。

イングリス達の目の前に現れた魔石獣はラファエルが屠《ほふ》ったが、まだ複数の魔石獣がこの広間には残っている。まだ追加で現れるかもしれない。

ここも放ってはおけないが、王子や特使の安全の確保は最優先。

ここはミリエラ校長の言う通り、手分けをする方がいいだろう。

「……分かりました。ここは任せます！　ラニ、クリス、レオーネ。後は頼《たの》んだよ！」

「はい兄様！」

「分かりました」

「任せて下さい！」

三人の返事を聞くと、ラファエルは踵を返して広間を駆け出して行く。

残るイングリス達を取り囲むように、魔石獣達が迫《せま》って来る。

「せっかくのドレスなのに、やる事はいつもと一緒よね！」

光の弓の魔印武具《アーティファクト》を構えたラフィニアが、そう愚痴《ぐち》を漏《も》らしていた。

「本当よね。今日くらい楽しませてくれたっていいのに……！」

レオーネがラフィニアに同調する。

彼女達の武器はミリエラ校長が預かってくれており、それをどこからともなく取り出して手渡していた。

何かしらの魔術《まじゅつ》や魔印武具《アーティファクト》の効果だろう。

彼女の黒い大剣は先日の件で破壊されてしまったので、今は別の大剣の魔印武具《アーティファクト》を構えている。

騎士アカデミーの備品扱《あつか》いの中級魔印武具《アーティファクト》だそうだ。

「わたしは楽しいよ？　魔石獣と戦うの好きだし」

「クリスは特別だからよ。ドレスを着た野獣《やじゅう》だもん！」

「ふふっ。違《ちが》いないわ――」

「失礼な――今日はちゃんとお淑《しと》やかに戦うつもりだよ？」

せっかくの新品のドレスを傷つけるのは嫌《いや》なのである。

気に入っているのだ。これからもまだ着たい。

「お淑やかに？　どうするの？」

「こう」


ビシュウウゥッ！


イングリスの指先から、霊素穿《エーテルピアス》の青白い光が奔《はし》る。

霊素《エーテル》の光線は狙いの通りに、正面の魔石獣の眉間《みけん》を貫《つらぬ》いた。

獣人種の魔石獣はばったりと崩《くず》れ落《お》ち、ぴくぴくと痙攣《けいれん》している。

後はとどめを残すのみ、といった様子だ。

一撃《いちげき》で絶命しないだけ、比較的《ひかくてき》強い部類の魔石獣だとも言えるだろう。

「ほら、これならドレスが破れたり汚《よご》れたりしないでしょ？」


ビシュビシュビシュビシュッ！


連発される光線が、次々と魔石獣の眉間を貫いて行った。

バタバタと倒《たお》れ伏《ふ》していく姿は、まるで無抵抗《むていこう》の的である。

「ね？　お淑やかでしょ？」

「ま、まあそうだけど……淡々《たんたん》と倒すから、逆にいつもより怖いわよ？」

「うーん……確かに味気ないかな――」

この戦法は確かに理に適《かな》っているとは思うのだが、やっていて面白《おもしろ》くはなかった。

一方的過ぎる。

やはりあえて相手の強みを受け、それを叩《たた》き潰《つぶ》して勝つというのがいい。

つまり魔石獣を相手にあえて効き目のない肉弾戦《にくだんせん》をしたり、耐性《たいせい》のある属性で攻撃《こうげき》したり、である。

どんな戦いにも、でき得る限り自分の成長の機会を求めたいのだ。

魔石獣との戦いに、綺麗なドレスに、美味しい料理。

この場にはイングリス・ユークスとしての好きなものが揃《そろ》っているが、全部混ぜ合わさるとよろしくないらしい。残念な事だ。

「でもドレスを傷つけないためだから仕方ない――あ、ラニとレオーネは倒れたやつに止《とど》めを刺してね？」

「待ってうしろからも！　来てる！」

このまま的にされては敵《かな》わんとばかりに、魔石獣達が一斉《いっせい》に距離を詰《つ》めて来たのだ。

光線の発射元であるイングリスを封《ふう》じようとしているのだろう。

元は人間と変わらない知能を持っていた名残《なごり》だろうか、割と戦略的な動きである。

確かに一斉に来られては、連射の速度が間に合わない。

「ならこれは――？」

イングリスは前方に右手の指先からの霊素穿《エーテルピアス》の連射を続けつつ、左手を後方に向けた。

「ん……！」

左の指先にも、霊素《エーテル》の青白い光が灯《とも》った。

そして霊素穿《エーテルピアス》が発射され、後方の魔石獣も貫いて見せた。

「やった――できた……！」

二方向への同時発射だ。これは今までできなかった事である。

日々積んでいる訓練が、確実に結果を上げている証拠《しょうこ》だ。

それが目に見える事。自分がまた一つ強くなったと実感できる事。

何よりも嬉《うれ》しい瞬間である。

「見て見て、ラニ！　両手から同時に撃てるようになったよ！」


ビシュシュシュシュシュシュシュシュシュシュシュッ！


イングリスは可憐《かれん》な花のような笑顔で霊素穿《エーテルピアス》を乱射した。

前言撤回《てっかい》だ。とてもとても楽しい。

成長した自分の能力を試《ため》してみる時ほど楽しいものはない。

結局――魔石獣達はイングリスに近づく事ができず、全て地面に倒れ伏していた。

「ふう――いい戦いだったね？」

その笑顔《えがお》は爽《さわ》やかだった。

「ははは……クリスが楽しそうで何よりだわ」

「あれじゃちょっと魔石獣に同情するわね――全く何もできてなかったわよ」

「ん……嬉しくてちょっとはしゃいじゃったかな」

「ちょっとじゃない気もするけど……まあいいか、まだ無事なテーブルもあるし！」

「そうだね。今食べる？」

「そうね！　もう我慢《がまん》の限界よ！」

「もう二人とも、すぐに他《ほか》の所も見に行かないと。助けが必要かもしれないんだから」

「ちょっとだけなら構いませんよ。まだ生きている魔石獣にとどめを刺していきますから

ねえ。私がやりますから、その間にでも――」

「やった♪　さすが校長先生！」

「ありがとうございます」

ミリエラ校長の許しが出たので、イングリス達はいそいそとまだ無事なテーブルへと近寄ろうとする。

だがそこに――新手の魔石獣が再び出現した。

ふっと天井あたりの空気が歪んだかと思うと、魔石獣が姿を現しテーブルの上に――

「！　まだ……！」

「あたし達のごちそうが！」

このままではまた、テーブルが破壊されて料理がダメになる。

そうはさせない――！

しかし突進《とっしん》して弾《はじ》き飛ばすような派手な動きはドレスが破れないか心配だし、霊素穿《エーテルピアス》だと貫通《かんつう》するだけでテーブルへの落下は防げないし、霊素弾《エーテルストライク》など撃てば城が半壊《はんかい》するだろう。

ならば霊素《エーテル》を魔素《マナ》に変換《へんかん》して適当な魔術的《まじゅつてき》現象を――

と、逡巡《しゅんじゅん》するうちに空中の魔石獣に突進する人影があった。

見た目の年齢《ねんれい》は十代後半。輝《かがや》くような金髪《きんぱつ》をした美しい少女だ。

天恵武姫《ハイラル・メナス》のエリスである。

「――はあぁぁぁっ！」

猛《もう》スピードで突進してきたエリスは、体ごとぶつかるようにしながら、携《たずさ》えた双剣《そうけん》の右の斬撃を繰り出した。

それが魔石獣の体を両断し、勢いに押《お》されてテーブルの真上から外れて落ちた。

相変わらず凄まじい切れの太刀筋《たちすじ》だ。見ていて惚《ほ》れ惚《ぼ》れする。是非手合わせ願いたい。

そして、それと同じ位重要な事が――

エリスのおかげで、テーブルの上の料理は守られたのである。

「やったぁ！　エリスさんありがとうございます！」

「本当にありがとうございます。命の恩人です」

イングリス達はエリスに深々と頭を下げた。

「？　何を大げさな。こんなものあなたなら――」

「いえ、おかげでテーブルが壊《こわ》されずに済みましたので、この料理の命の恩人だと――」

「はぁ？　料理？」

「いただきまーす！」

「あっ、ラニずるいわたしも――！」

と、料理に手をつけるイングリス達を見て、エリスははあとため息を吐《つ》く。

「マイペースな娘達《むすめたち》――ミリエラ、一応あなたの生徒達なんでしょ？　これでいいの？」

「えへへっ。食いしんぼうな女の子も可愛いと思いませんかあ？」

笑顔でやり過ごそうとするミリエラ校長だった。

「時と場合によると思うけど？」

「うーんおっしゃる通りですねえ――でもまあ、すっごくお腹《なか》が空いてたみたいなんで」

「ひょふにゃんねしゅ！（そうなんです！）」

「ふぁい！（はい！）」

「何を言ってるか分からないわよ……！　まあいいわ。ここはもう大丈夫だから、少し食べたら一緒《いっしょ》に来て？　リップルの様子がおかしいのよ」

エリスは冷静ながらも心配そうな表情を浮かべていた。
リップルの身に何か異変が――？
そう聞くと、さすがにのんびり料理を堪能《たんのう》するわけにも行かない。
イングリスとラフィニアは口に入れられるだけ料理を放り込み、その場を切り上げた。
エリスの後に従い、皆《みな》で謁見《えっけん》の間へと向かう。そこにリップルがいるそうだ。
到着してみると、そこにはかなりの数の魔石獣の骸《むくろ》が転がっていた。
「……こっちの方が本命だったみたいだね」
「うん、かなりの数よね――」
「でも、それをちゃんと迎撃《げいげき》できているんだから、さすが正規の騎士の方達だわ」
ここは王城。国の中心だ。当然護衛についている近衛の騎士達《きしたち》も選《よ》りすぐりである。
突然の襲撃《しゅうげき》だったので、負傷者も少なくはないようだが――
だがまだ、現場は緊張《きんちょう》状態だった。
皆が何かを遠巻きに取り囲み、慎重《しんちょう》に様子を窺っていた。
その輪の中には、ラファエルがいる。
ウェイン王子も、聖痕《せいこん》を持つ天上人《ハイランダー》も複数人。
ラファエルは彼等《かれら》を護衛しに駆け付《つ》けたのだろう。

「エリス様――！　他はどうでしたか？」

ラファエルがエリスの姿を認めて声をかけた。

「問題ないと思うわ。下の大部屋にもそれなりの数が現れたみたいだけど、この娘達が殆《ほとん》ど倒してくれていたし」

「そうですか、さすがはラニ達だね」

「こっちはどうなの？」

「先程《さきほど》から変化はありません。小康状態です」

ラファエルの視線は、その場の輪の中心へと向けられる。

そこには、意識を失った様子のリップルが寝転《ねころ》がっていた。

単に眠《ねむ》っているわけではなく、何か禍々《まがまが》しい半球状の黒い光に覆《おお》われている。

「な、なにあれ――」

リップルの周囲が、ゆらゆらと蜃気楼《しんきろう》のようにかすんで見えている。

一見してただ事ではないのは、ラフィニアにも容易に把握できた様子だ。

「空間が歪んでる……？　明らかに自然な状態じゃない――ね」

「ひょっとしてあの禍々しい光が魔石獣を――？」

レオーネの言葉にエリスが頷《うなず》く。

「ええ。急に倒れて、あの光に包まれたかと思うと、歪みが拡散してどんどん魔石獣が現れて……迎撃はできたけれど、何が何だか――」

前に魔石獣が現れた時も、リップルは体調が悪そうにしていた。

あれはこの予兆だったのだろうか。一体何故《なぜ》――？

「そんな――天恵武姫《ハイラル・メナス》が魔石獣を呼び、我等を襲《おそ》わせたというのか……」

その場に居合わせた誰《だれ》かの声が、そう聞こえて来た。

「ひょっとして、血鉄鎖《けってつさ》旅団に寝返《ねがえ》ったとでも……!?」

レオンという実例がある以上、騎士達が疑《うたぐ》り深《ぶか》くなっているのは仕方のない事かも知れない。

エリスもそう考えたのか、強く反論をする事なく聞き流そうとしているようだ。

ならばこちらから何か言う事はあるまい、とイングリスは思ったが――

そうは問屋が卸《おろ》さない、とばかりに声を上げる者がいた。

「違う！　エリスさん達はそんな事しないわ！　エリスさんはユミルの事件ではレオンさんを止めようとしたし、あたし達の事も助けてくれた！　いい人なのは一緒にいる皆さんの方が良く知ってるでしょう？　エリスさん達天恵武姫《ハイラル・メナス》は、これまで沢山《たくさん》この国や人を守って来てくれた。その仲間を信じてあげて下さい！」

無論こういう時にこういう事を言うのは、他でもないラフィニアである。

いい人であるという事であれば、レオンもいい人ではあるだろうし、声こそ大きいが説得力のない主張ではあった。

だが、だからこそ輝いても見える。子供っぽいと言ってもいい。その純粋無垢《じゅんすいむく》さだけは本物なのだ。

そんなラフィニアが、イングリスには可愛く見えて仕方がない。

この先どんな風に成長して行くのか。それを楽しみに側で見守り続けるつもりだ。

「……それは勿論《もちろん》分かっている。君の言う通りだが――」

と、騎士の一人がそう応じる。

エリスはぽん、とラフィニアの肩《かた》に手を置いた。

「仕方がないのよ、怒《おこ》らないであげて。彼等にも使命がある。危険性には常に気を配らないといけないわ。私達の方が、そうじゃないという事を行動で示せばいいだけよ」

エリスは淡々としていた。

「は、はい……」

怒られていると思ったのか、ラフィニアは少ししゅんとした。

「でもまあ、お礼は言っておくわね。ありがとう」

「はい！」

その様子を見て、ラファエルがイングリスに囁《ささや》いた。

「……ふう、ラニは物怖《ものお》じしないから、ヒヤヒヤするよ。僕が庇《かば》っても贔屓《ひいき》と取られるから、迂闊《うかつ》に口も出せないし――」

「いつもああですよ？　どこでも、誰に対してでも――それがいいところだと思います」

「クリスがそう思ってくれているなら安心だよ」

と、その場の輪の中に進み出る者がいた。

額に聖痕を持つ天上人《ハイランダー》の青年だった。

「私は彼女《かのじょ》の意見に賛成します。天恵武姫《ハイラル・メナス》は天から舞《ま》い降《お》りた地上の守り神――それを信じ、共に手を取り合う事ができねば虹の雨《プリズムフロウ》の降るこの地上で生き永らえ続ける事は難しいでしょう。彼女達も元は地上に暮らしていた身――それが地上を守護するという使命のために、己を犠牲《ぎせい》として天恵武姫《ハイラル・メナス》となってくれたのです。その原点を理解して頂ければと思います」

この青年が、先程話に出ていた新任の特使だろうか。

だとしたらその第一印象は、知的で温和そうだが意志の強さも感じさせて――

前任とは打って変わってまともそうである、と言わざるを得ない。

「では、エリスさんも元は地上の人――？」

リップルはこの間の本人の発言から、そうであると推測できたが。

「セオドア様。昔の話は私はあまり──」

エリスとしては、あまり触《ふ》れられたくないらしい。

「すみません、そこまでは考えが至りませんでした。ともかく、はっきりした事が分かるまでは、彼女達を信じてあげて下さい。彼女達の存在は、我等天上領《ハイランド》と地上との誼《よしみ》の証《あかし》でもあるのです。事態の解明には、無論私も協力します。特使としての初仕事として」

「セオドアよ。見当はつくのか？」

と、輪の中にいて事態を見守っていたウェイン王子が問いかけた。

「軽々しく断定はできませんが──大体は。我々天上人《ハイランダー》の都合のせいかも知れません」

セオドア特使は、苦い顔でそう応じた。

「天上人《ハイランダー》側の都合──ですか」

ラファエルが表情を少し鋭《するど》くする。

「そうです、聖騎士殿《きしどの》。地上にもいくつもの国があり一枚岩ではないように、天上領《ハイランド》にもまた思想信条の違いによる派閥《はばつ》があります。ですが一つの政体ではありますから、外からは少々分かり辛《づら》いでしょうね」

「つまり、これは大公派のお前に対する教主連からの妨害《ぼうがい》であるという事か」

ウェイン王子がセオドア特使に尋《たず》ねる。

やはり天上領《ハイランド》への留学経験があるというだけあって、天上領《ハイランド》の事情にも詳《くわ》しいようだ。

「ええ、ウェイン。個人的に――という事ではないでしょうが。私達大公派は従来の魔印《アーティ》武具《ファクト》に加え、機甲鳥《フライギア》や機甲親鳥《フライギアボート》も取引する事を容認《ようにん》し始めました。が、教主連は強硬《きょうこう》に反対している。いずれ自分達の寝首《ねくび》を掻《か》かれかねぬと恐《おそ》れているのです」

先日の事件では天上人《ハイランダー》になったファルスまでもが特使ミュンテーの暗殺を企《くわだ》てていた。

その背後には、地上側に下賜《かし》する戦力を巡《めぐ》った路線対立があったというわけだ。

しかも暗殺にまで事が及《およ》ぶのだから、その対立はかなり激しいはず。それである程度納《なっ》得《とく》がいった。

ミュンテーは同じ天上人《ハイランダー》から刺客《しかく》を送られ、反天上領《ハイランド》のゲリラである血鉄鎖旅団にも狙われ、更に王国側の騎士からも攻撃を受けていた。

忙しい事である。あの場にイングリスがいなくとも、その運命は変わらなかっただろう。

「……私達を内輪《うちわ》揉《も》めの駒《こま》にしようと？　私達は地上を魔石獣から守るために天恵武姫《ハイラル・メナス》になったのに――そんな事のためじゃないわ！」

エリスが憤《いきどお》っていた。同じ天恵武姫《ハイラル・メナス》の仲間の事なのだ。当然だろう。

「ご尤《もっと》もです。ですが、あなた方天恵武姫《ハイラル・メナス》は天上領《ハイランド》が生んだ守り神――それを授《さず》けた者達が意にそぐわぬならば、内から滅《ほろ》ぼす手段も用意してあるという事でしょう。リップル殿《どの》は教主連が生み出した天恵武姫《ハイラル・メナス》ですから、詳細《しょうさい》までは分かりませんが……逆にエリス殿、あなたは我々大公派の天恵武姫《ハイラル・メナス》です。この国では昔からそうやってバランスが取られて来ました。ですが、大公派との結びつきがより強くなる事で、それが崩れつつあったのです」

「つまり、状況《じょうきょう》が変われば、私がリップルのようになっていたかも知れないという事ですね……？　ある意味その方が気が楽だったわ、天恵武姫《ハイラル・メナス》になって随分《ずいぶん》経つけれど、天恵武姫《ハイラル・メナス》について何も分からないなんて、嫌になるわね――」

エリスは深い深いため息を吐く。

と、ラフィニアがエリスに語り掛《か》けた。

「エリスさん、でも……」

「何よ？」

「あたしは、機甲鳥《フライギア》や機甲親鳥《フライギアポート》があった方がいいです……あれがあれば、今までより速く、遠くまで魔石獣に襲われている人を守りに行けるんだもの――」

その言葉には、口には出さないまでも頷く者が多かった。

ここにいるのは、魔石獣から国や人を守る事を己《おのれ》の使命として真剣《しんけん》に捉《とら》えている者達ばかりだ。その彼等にとって、ラフィニアのこの純粋《じゅんすい》な意見は響《ひび》くのだ。

ラファエルや、ウェイン王子さえも、彼女の言葉に頷いていた。

「……ラフィニアの言う通りだわ――ね、イングリス？」

レオーネが小声で耳打ちしてくる。

「そうだね。その方がいっぱい戦えていいね」

「いや、何かイングリスのはちょっとずれてるような……」

「結果は一緒だから、いいよね？」

「ははは――聞いた私が悪かったわ……」

一方エリスは押し黙《だま》っていた。

「……」

「ご、ごめんなさい生意気言って――！」

ラフィニアが頭を下げる。

「……いえ、いいわ。多分あなたのように考えた方がいいのよね――」

「私も全力を尽《つ》くします。リップルさんがこれまで通りでいられるように……ですから、暫《しばら》く耐《た》えて下さい」

「――はい、お願いします」

セオドア特使の言葉にエリスは頷く。

「ありがとう。おかげでエリス殿も冷静になれたようです」

セオドア特使はラフィニアの肩にぽんと手を置き、微笑《ほほえ》みかける。

「純粋で率直《そっちょく》な意見だった——君は見た目だけでなく心も美しいんですね」

「い、いえそんな……あはは、美しいだなんて——」

と、真《ま》っ直《す》ぐ見つめられ、はにかんだように応じるラフィニア。

少々頬を赤らめてもいる。こんな様子は、イングリスも初めて見たかもしれない。

同時に重大な危機感を覚える。

これは——見つけたかもしれない、悪い虫を。追《お》い払《はら》わねば。

ラフィニアには、そんな事はまだ早い。許さない。

「名前を教えて貰《もら》っても構いませんか？」

「ラフィニア・ビルフォードです。そこにおられる聖騎士《きし》ラファエル様の妹です。わたしは従騎士のイングリス・ユークスと申します」

イングリスは、すかさずラフィニアとセオドア特使との間に割り込んで先に返答した。

危険だ。可能な限り接触《せっしょく》をさせない。

「ちょ、ちょっとクリス……！　どうしたのよ急に」

「何でもないから気にしないで。わたし、ラニの従騎士だし」

しかし、セオドア特使には気にした様子もなく――

「ビルフォード――そうか、君が聖騎士殿の妹か……！　それにイングリスさん、君の名も聞いています。君達が私の妹の命を救ってくれたという――」

「妹？」

「ええ、セイリーンは私の妹なのです」

「「えええぇっ!?」」

イングリスもラフィニアも、思わず声を上げていた。

「セイリーン様のお兄さん……？　でも確かに、雰囲気《ふんいき》とか似てるかも――優《やさ》しそうなところとか。ねえクリス？」

「そうだね……」

と、それには同意をしておくが――

セイリーンとラフィニアが馬が合い、親しくなる事は構わない。

が、如何《いか》にセオドアがセイリーンと似た雰囲気であろうが彼《かれ》は駄目《だめ》だ。

親しくなる事の意味合いが変わってくるかも知れない。

ラフィニアにはまだ恋人《こいびと》など必要ない。

それがイングリスのわがままだとしても、嫌なものは嫌なのである。

そんなイングリスの内心をよそに、ラフィニアはセオドアに笑顔を見せる。

セイリーンの兄だと知って、より一層警戒心《けいかいしん》が解けたようだ。

これはまずい傾向《けいこう》である。

「二人とも、妹の命を救ってくれてありがとうございます。魔石獣《ませきじゅう》に変えられたと聞きましたが、今はどこに……？」

「こちらに」

と、イングリスは自分の胸元《むなもと》に指をさす。

ちょうどリンちゃんがひょっこりと顔を覗《のぞ》かせていた。

「セイリーン……!? ああ、微《かす》かだけれど確かにあの子の魔素《マナ》を感じる……こんなにも変わってしまって――」

「ごめんなさい、あたし達にできたのは、この状態で助ける事だけで――」

「いや、いいんです。君達は良くやってくれました。命さえあれば、まだ終わってはいないんです。必ず元《もと》に戻す方法を見つけ出してみせる……！」

「何かできる事があったら、手伝わせて下さい！」

「はい、よろしくお願いします。セイリーンを預からせてもらっても構いませんか？」

「ええ」

肉親がそう求めるのならば、断る事はできないだろう。

イングリスは胸元からリンちゃんを掬《すく》い上《あ》げて、セオドアに手渡《てわた》そうとした。

「さぁ、セイリーン。もう安心だよ、私が何とかして見せますから――」

と、セオドアがリンちゃんに手を触れると――

がぶっ！


リンちゃんはセオドアの指先に噛《か》み付いていた。

「つっ……!?　どうしたんです、セイリーン？」

しかしリンちゃんはそっけなくセオドアを無視し、またイングリスの胸元に潜《もぐ》り込んでしまった。

「リンちゃん？　お兄さんが迎《むか》えに来てくれたんだよ？」

「どうかしたの？」

リンちゃんはぶるぶるぶる、と首を振《ふ》り、完全にドレスの中に隠《かく》れてしまった。

中でもぞもぞされると、くすぐったい。

「ちょ、ちょっとリンちゃん、そんなに暴れたらくすぐったいから……！」

「……帰りたくないって事なのかな？」

ラフィニアが首を捻《ひね》る。

その後暫くセオドア特使がリンちゃんに呼びかけ、イングリス達もリンちゃんを促《うなが》したが、一向に様子は変わらなかった。

「以前のセイリーンとは違うようです……もうしばらく君達に預けた方がいいのかも知れません」

　セオドア特使は、かなり落胆《らくたん》した様子だ。

　彼の妹に対する親愛の情が見て取れるようである。

「分かりました。あたし達は構いませんから」

「けれども、調べねばならない事は山のようにあります。必要な時はセイリーンを連れてきて貰っても構いませんか？」

「はい。勿論です」

「ありがとう。さぁ、セイリーンの事も気になりますが、まずはリップル殿の事です。こちらもあの現象を収める方法を見つけ出さないと——ミリエラ、君にも手伝ってもらいたいんですが」

　と、セオドアはミリエラ校長に呼びかける。

　親しげなのは、二人が旧知の仲だからだろう。ミリエラ校長がそう言っていた。

「はい、勿論ですよお」

「頼みます。天上領《ハイランド》で僕《ぼく》らの技術を学んでいた君ならば、十分助けになってくれるはずです」

「ご期待に沿えるように、頑張《がんば》りますっ！」

「だがどうする、セオドア？　このまま魔石獣が出現し続けては、落ち着いて調べる事もできまい？」

「そうですね。まずはどこか遠くに運び出さないと――何度も王城を襲撃されるわけには行きませんから」

「じゃあ私がリップルを運びます。また魔石獣が現れたら、すぐに倒すわ。でもどこに運ぶの？」

とのエリスの問いには、誰もすぐには返せない様子だった。

「あ、大丈夫《だいじょうぶ》だよぉ――自分で行くから」

と、リップルの声がした。見ると、リップルが瞳《ひとみ》を開いていた。

同時に彼女を覆っていた黒い球体のような光も消失した様子だった。

「リップル！　ああ、良かった――大丈夫なの？」

エリスが一目散に駆《か》けつけ、リップルを助け起こした。

特に何も異変はない。先程までの現象がうそのようである。

「……今はね、何か波が引いたみたいに――だけど、さっきまでの事も何となく覚えてる。

ごめんね、みんな。地上を守るためにいる天恵武姫《ハイラル・メナス》のボクが、みんなを傷つけてしまったなんて……」

リップル自身、相当ショックを受けている様子だった。

「仕方がないのよ、あなたのせいじゃないわ」

「そうですよ！　リップルさんがやりたくてやったんじゃないし！」

「ラフィニアの言うとおりです、リップルさんが悪いわけじゃ――」

「無理やりやらされた事ですから」

エリスに続いて、イングリス達もリップルを慰《なぐさ》めた。

「ありがとね、みんな。だけどたまんないよ、こんなの――何のための天恵武姫《ハイラル・メナス》か分からなくなる。ねえウェイン、ボクはどこに行けばいい？　もしどうにもなりそうになかったら、壊してくれてもいいし、どこか誰もいない所に捨ててくれてもいいよ」

「馬鹿《ばか》な。わが国の守り神をそのように扱うわけには行かぬ。しばらくの辛抱《しんぼう》だ。それまではどこか厳重な警戒《けいかい》体制を整えた場所で休んでくれればいい」

とはいえ具体的な場所の選定や配備する戦力などは、これから検討という事だろう。

「すぐに、割《さ》ける戦力や場所の選定を行います」

「ああラファエル。頼《たの》むぞ」

そういう状態の今ならば――と、イングリスは一歩進み出る。

「失礼します。ひとつ提案があるのですが、構いませんか？」

「構わない。言ってみてくれ」

「どうしたんだい、クリス？」

ウェイン王子とラファエルが頷く。

「リップルさんには、解決策が見つかるまで騎士アカデミーに滞在《たいざい》して頂いては如何《いかが》でしょう？」

イングリスの瞳がキラリと輝く。

そうすれば、いつ現れるかも知れない魔石獣を相手にいい実戦訓練ができる――というわけだ。

「騎士アカデミーにか……？」

イングリスの提案にウェイン王子は驚《おどろ》いていた。それは考えていなかった、という様子だ。

「はい。ただでさえ、リップルさんが動けない事で騎士団《きしだん》の戦力は低下するはずです。その上更《さら》に正規の騎士の方々を割いて警戒態勢を敷《し》くとなると、二重の戦力低下が発生します。下手をすれば、国防にまで支障をきたしませんか？　アールメンの街の氷漬《づ》けの虹の王《プリズマー》が

ます。それをするという事は、ヴェネフィクを具体的な脅威《きょうい》であると見做《みな》しているとお見受けします。でしたら、そちらへの備えを緩《ゆる》めるような事は避《さ》けるべきでは？　手薄《てうす》になった守りを衝《つ》かれかねません。今回の事態が、そのために用意された罠《わな》の可能性すらあります。ヴェネフィクにも天上人《ハイランダー》の特使の方はいらっしゃるかと思いますが、その方は先程お聞きした教主連寄りの方ではありませんか？」

「──セオドアよ、どうなのだ？」

「……彼女の言う通りです。大がかりな企てである可能性を否定できません」

イングリスの指摘《してき》に、ウェイン王子とセオドア特使が頷き合う。

「よく言ってくれた。さすが、ビルフォード家は聡明《そうめい》な従騎士を従えているようだな、ラファエル？」

「ええ昔からクリスは賢《かしこ》くて、剣《けん》の腕《うで》も確かです。いつもラフィニアを支えてくれます」

「君が付いているなら、ラフィニア君も安心ですね」

「恐れ入《い》ります」

ぺこり、とイングリスは一礼をする。

が実際のところ、これはそう難しい話でもない。簡単な推測だ。

天上人《ハイランダー》にも派閥がある事は、先程はっきりした。

もしセオドアと同派の特使がヴェネフィクにいるのならば、侵略《しんりゃく》まがいの敵対行動はないはずだ。

天上人《ハイランダー》にとって、地上は格好の餌場《えさば》のようなもの。

わざわざ味方同士でそれを荒《あ》らし合う事など、するはずがない。

これでも前世では王として一国を率いていた身だ。そのくらいは読める。

読んだ上で——イングリス・ユークスとしては、国の事や政治の事に関《かか》わるつもりはないので無視をするところではある。

放っておいても、ウェイン王子やラファエル達ならば、もう少し時間を置けばその可能性に気が付いていただろう。

イングリスは一歩早く指摘したに過ぎない。

だがその一歩が重要なのだ——

「では、リップルさんには騎士アカデミーに滞在頂くという事で？」

無論、この要望を通しやすくするためだ。

ただ単に言うよりも、一度歓心《かんしん》を買っておいてからの方が説得力を持つ。

推論が当たっているか当たっていないかは、この際どちらでも構わない。

この者の話は聞く価値がある、と思ってもらえらばいいのだ。

「……下手に守りを緩めぬよう、正規の騎士団ではない力を使うという理屈《りくつ》は理解できるのだが——」

「お願いします！　わたし達はまだまだ未熟な学徒ですが、気持ちだけは負けていません……！」

無論リップルが呼び出す魔石獣と戦い、それを修行《しゅぎょう》の糧《かて》として更に成長したい——という気持ちの事だ。凶暴《きょうぼう》な魔石獣がいつ襲ってくるかも分からない状況など、最高である。緊張感を持って修行に臨《のぞ》む事ができる。

それは決して世のため人のために働きたい、という気持ちではない。

が、そう言っていると思ってもらう分には構わない。

こちらは嘘《うそ》は言っていないし、文言もあえて抽象的《ちゆうしようてき》にしておいた。

背後でラフィニアとレオーネが囁き合うのが聞こえる。

「……ねえラフィニア。イングリス、今日は凄《すご》く真剣ね？　ちょっと見直したわ——」

「だとしたらすぐまた見損《みそこ》なう事になるわよ……？」

「え？」

「クリスはクリスなのよ……！　あれはリップルさんの所に現れる魔石獣と戦いたいだけ

よ……！」

「ええっ……!?」

「普段《ふだん》ああだけど頭もいいんだから、クリスは。何なりと理由を付けて言いくるめようと……むぐっ――！」

「んんんっ……！」

「もう二人とも、今真面目《まじめ》な話だから私語はダメだよ？」

イングリスはにっこり笑顔《えがお》でラフィニアとレオーネの口を手で塞《ふさ》いだ。

幸い、ウェイン王子の耳には入っていなかった様子で――

「――ミリエラ。アカデミーの校長として君はどう思う？」

「うーん……確かにイングリスさんの意見ももっともなんですが――多数の生徒を危険に晒《さら》すのも確かですからねえ……」

ミリエラ校長も歯切れが悪い。

「それだけでなく、アカデミーの周囲は市街地です。もしそこから魔石獣が溢《あふ》れ出《だ》せば、王都の住民を巻き込む事になります。僕は賛成しかねます、やはり正規の騎士団で対応した方が――」

と、ラファエルが言うのはラフィニアやイングリスを危険に晒したくないという思いもあるだろう。

「しかし、技術的にリップル殿の身に起こっている事を解析《かいせき》するためには、それなりの設備が必要になります。騎士アカデミーにならミリエラの研究室があるでしょうから、それを少しいじればいいと思いますが——他所《よそ》に準備をするのは大変かも知れません」

「可能であれば、リップルを天上領《ハイランド》に連れて行って診《み》て貰うというのはできませんか？」

「……エリス殿。申し訳ありませんが、それは止めた方がよいと思います。言い方は悪いですが、教主連の企《たくら》みがあるならば処分してしまえとなるでしょう……同陣営とは言え、皆が私のような者ではありません。むしろ前任のミュンテーのような者の方が多いと言えます」

「そうですか——」

と、うつむくエリスの後をウェイン王子が引き取る。

「つまり、騎士アカデミーに預けるのが一番早く事態の収束が見込める方法だと？」

「一番事態を悪化させてしまう方法かも知れません。どちらが正解か、なんて事前には分かりません。これは学問ではないのですから」

「ふ……あの天上領《ハイランド》で共に学んでいた頃《ころ》は気楽だった、というわけだ」

ウェイン王子が笑《え》みを見せる。セオドアもそれに微笑み返していた。

「そういう事ですね。ですがこの重圧こそ、我々が理想に近づいている証でもあるかと思います」

「ああ、そうだな――」

ウェイン王子もセオドア特使も、何か内に秘《ひ》めるものがあるようである。

自分も前世の若い頃は、このような感じだったのだろう。

若くして国と人々の命運をその身に背負う事になり、無我夢中《むがむちゅう》だった。

イングリスにとっては、もう世のため人のためと情熱を燃やす時代は終わっている。

なので大変そうだなあという言葉しか出てこないが、頑張って欲《ほ》しい。

この時代の事は、この時代の人々が決めればいい。

自分はラフィニアを見守りながら、好きにやらせてもらうだけだ。

「彼女達《かのじょたち》はセイリーンの命を救ってくれましたし、この間の事件の時もアールシア元宰《さい》相《しょう》を守り、飛空船が王城に落ちるのを食い止めてくれたと聞きます――賭《か》けてみるのも悪くはないかも知れません」

「……元宰相？　アールシア宰相はどうなさったのですか？」

セオドア特使の発言の中で、イングリスにはそこが引《ひ》っ掛かった。

「職を辞する事になった。先般《せんぱん》の出来事は記録に残さぬ事になったのは、諸君らも知っての通り。故《ゆえ》にアールシア卿《きょう》の責任が問われる事もなくなるはずだったのだが——示しがつかぬ、と意志が堅《かた》くてな。理由は健康不安のためとされるだろうが……彼は公明正大で、誰に対しても阿《おもね》らん。宰相に相応《ふさわ》しい人物だったが惜《お》しい事だ。彼の職責は、臨時に私が引き継《つ》ぐ事になった」

「そして、ウェインが担《にな》っていた仕事の一部が聖騎士殿やエリス殿達《どのたち》に回されるという具合になります。ですから、皆《みな》あまり余裕《よゆう》がない状態になりますね」

「だったらあたし達に任せて下さい！　あたしは、困っているリップルさんの力になりたいです！」

このような事をラフィニアが言い出すのは、イングリスの予想通りだった。

主な理由が少々異なるにせよ、ラフィニアが賛成するのは分かっていた。

リップルの状況を目の当《ま》たりにして黙っているのは、ラフィニアの正義感が許さないだろう。

「だけどラニ。ラニ達はまだ色々な事を学び、力をつける時期なんだよ。そうやって本当の騎士になって行く——そのためにミリエラさん達がラニ達を預かってくれているんだ。今は無理をする時じゃ……」

「違《ちが》うわ兄様。あたしはリップルさんに感謝してるから、何かお返しがしたいだけ！　だって、ずっとこの国やあたしたちの事を守って来てくれたんだもの。それって正式な騎士かどうかなんて関係ないでしょう？　今できる事をしたいの！」

そのやり取りを聞いていて、イングリスは思わずくすりとしてしまう。

かつてはラファエルも叔母《おば》イリーナから似たような事を言われていたな、と思い出したのだ。

あの時のイリーナの立場が今のラファエルで、ラファエルの立場が今のラフィニアだ。

役割の入れ替《か》わりは、それが大人になるという事なのかも知れない。

「ふふふっ……」

「クリス？」

「どうしたのかい？」

「いえ、昔はラファ兄様も似たような事を侯爵《こうしやく》様や叔母様から言われていたなと――何だか懐《なつ》かしいですね」

「え……？　た、確かにそうだったような気もするけど――クリスはまだ小さかったのによく覚えて……」

「記憶力《きおくりよく》には自信がありますから」

「とにかく、兄様もお父様みたいに頑固《がんこ》になったって事よね。そんなんじゃクリスに嫌《きら》われるわ！」

「ええっ……!?」

「そんな事ないよ。わたし、侯爵様は好きだよ」

「あ、兄様。今ほっとしたわね？」

「いやいや、今はそういう事を言っている場合じゃ……」

それを見て、ウェイン王子が可笑《おか》しそうにしていた。

「ははは。完全なる聖騎士と誉《ほまれ》高いラファエルも、妹達には形無しのようだ」

「は、はあ……お見苦しくて申し訳ありません」

「いや構わんさ。微笑ましくもある。では、レオーネ。君はどうだ？　考えを聞かせてくれ」

ウェイン王子はレオーネに話の矛先《ほこさき》を向ける。

「え……私ですか？」

「ああ。君達全員の考えを聞いてみたくてな」

「……二人と同じです。天恵武姫《ハイラル・メナス》の皆様《みなさま》へのご恩返し——という事にも共感しますが、本当に正直に言ってしまうと、私はできるだけ早く手柄《てがら》が欲しいです——これは、その好機と考えます」

「そうだな――家の汚名《おめい》をそそがんとすれば、そう考えるのも自然か――」

レオーネのオルファー家は、聖騎士レオンを輩出《はいしゅつ》した事により、アールメンの街の誇《ほこ》りとして尊敬されていた。

が、レオンが聖騎士を辞《や》め血鉄鎖旅団《けってつさ》に走ってしまった事により、世間の目は一変。裏切り者の家として、白い目で見られるようになってしまった。

レオーネはその状況を、自分の功績によって変えるために騎士を志したと言う。

騎士アカデミーでも人間関係に苦労させられながら、頑張っている。

イングリスの見ている限り、イングリス自身を除けば、騎士アカデミーの中でも一番自己鍛錬《たんれん》に意欲的なのは彼女だ。イングリスが課外で訓練をしていると、一緒《いっしょ》にやると言ってよくやって来る。

そんな彼女ができるだけ早く手柄が欲しいと言うのは、頷《うなず》ける話である。

「先だっての件は公式には扱《あつか》わぬため、君達の活躍《かつやく》もまた公式にはならぬ――君にとっては、済まない事をしたな。申し訳ない」

「い、いいえ――どちらにせよあの位で十分とは思っていませんし、それに殆《ほとん》どはイングリスが……んむっ」

皆まで言う前に、イングリスはレオーネの唇《くちびる》に指を添《そ》えて遮《さえぎ》った。

別に内情を全部素直《すなお》に言わなくてもいい。手柄を貰ってくれればいいのだ。

レオーネには必要だし、イングリスには不要なものなのだから。

その中で鍛《きた》えに鍛え上げた自分自身に満足ができれば、それでいいのである。

イングリスに必要なのは、戦果ではなく戦いそのもの。

「皆でやったでいいんだよ？　わたし目立ちたくないし。逆にレオーネは目立たなきゃいけないでしょ」

そう耳打ちする。

表向きの手柄だの名声だのは、全部レオーネにあげてもいい。

健気《けなげ》に前を向いて頑張っているレオーネを手助けするのは、吝《やぶさ》かではない。

「どうした？」

「い、いいえ——是非《ぜひ》もう一度、手柄を立てる機会を頂ければと思います。全力を尽くして、魔石獣を排除《はいじょ》して見せます」

「わたしからも再度お願いします。必ずリップルさんを守って見せます」

「いやー守るのボクじゃないけどね？　ボクのせいでみんなが危ないんだから」

と、少しおどけたような口調で言うが、リップルにいつもの快活さはなかった。

「……その事で、リップルさんは罪悪感を感じていらっしゃいます。わたし達が誰一人《だれひとり》欠ける事なく、住民の皆さんも傷つけさせず、呼び出される魔石獣を全《すべ》て倒《たお》せば何も憂《う》いはないはず。わたしはリップルさんの心を守りたいと思います」

「……イングリスちゃん――」

「……あなた、そんな事も考えられるのね――」

リップルが瞳を潤《うる》ませ、エリスが感心をしている。

イングリスはそれに無言で、微笑み返した。

苦しむリップルを助けるのもまた、吝かではない。

緊張感《きんちょう》のあるいい訓練を提供してもらうお礼としては、足りないくらいだろう。

バシッ！

唐突《とうとつ》に後ろから肩《かた》を叩《たた》かれる。

「クリス、いい事言うわね！　何考えてるか分かりつつも乗らざるを得ないわ！　その通り、あたし達《たち》でリップルさんを守るのよ！」

目をキラキラさせて、鼻息を荒《あら》くしたラフィニアである。

リップルの心を守るという表現が、とてもお気《き》に召《め》したらしい。

「ははは……ありがとう、ラニ」

「……君達の気持ちは分かった。ではその心意気に免《めん》じて、騎士アカデミーにリップルを預ける事とする。セオドアも彼女達に協力してくれ。王には——父上には私が説明をしておく」

ウェイン王子が、威厳《いげん》のある口調で決定を下した。

「「はいっ！」」

イングリス達三人は口をそろえて、返事をする。

願ったり叶《かな》ったり、である。

アカデミーの訓練にまた一つ、新鮮《しんせん》な課題が追加されそうだ。

◆◇◆

「——なんて事があったのに、こんな事しててていいのかなあ……」

リップルはそう言うと、お湯に半分顔を漬け、息を吐《は》いてぶくぶくと泡立《あわだ》てていた。

「大丈夫です。わたしはいつでも準備ができていますから。何なら、今すぐにでも構いません。さぁどうぞ」

隣《となり》に並んでお湯に漬《つ》かっているイングリスは、そう応じる。

ここは騎士アカデミーの女子寮《じょしりょう》の大浴場だった。

リップルを騎士アカデミーで預かると方針が決まり、お城から戻ると、まずはリラックスしようという事でここにやって来たのだ。

「いやボクにコントロールできないし……そんな物欲《ものほ》しそうな目で見ないでくれる？」

「こらクリス、リップルさんは困ってるんだから、茶化《ちゃか》さないの」

「そうじゃないよ。わたし達はこれをいい修行と捉えるから、リップルさんも気にしないでって事だよ」

「いやそれクリスだけだし――勝手に巻き込まないでくれる？」

うんうん、とレオーネが頷いていた。

「でもまあ、考えようによってはイングリスさんの言う通りかもですねえ。貴重な実戦経験には違いありません」

と、ミリエラ校長はイングリスの味方をしてくれた。

帰って来てすぐにお風呂《ふろ》に入ろう、と言い出したのも彼女《かのじょ》である。

「だけど――ボクのせいで誰《だれ》かが傷つくのは嫌《いや》だよ、ボクは――そんなの天恵武姫《ハイラル・メナス》じゃないし……」

「大丈夫ですよぉ。またあの現象が始まったら、即座《そくざ》に結界を張って周囲から隔離《かくり》しますからねえ」

と、ミリエラ校長は杖《つえ》の魔印武具《アーティファクト》を振り振りして言う。

わざわざこれを持ってお風呂に入って来ていた。

一緒にお風呂に入ると、さすが大人の女性だけあって色っぽく、イングリスとしては少々目のやり場に困ってしまう。

「そうやって周辺への被害《ひがい》を抑《おさ》えた上で、イングリスさん達腕《たちうでき》利きの生徒に魔石獣を殲滅《せんめつ》してもらいます。被害は出させませんよぉ」

「うん――でもミリエラがいない時はどうするの？　ずっと付いてるわけには行かないでしょ？」

「今、セオドアさんが同効果の魔印武具《アーティファクト》を用意してくれていますからね。ついでにレオーネさん用の魔印武具《アーティファクト》もお願いしちゃいました！」

「わ、ありがとうございます！」

「せっかくの機会ですからねえ、貰えるものは貰っちゃわないとですよお。ふふふっ」

なかなかしたたかな事である。

とは言え、結界用の魔印武具《アーティファクト》は確かにいくつかあった方がいいだろう。

「複数の組の人員を用意して、交代であなたの周りを警護する体制を整えます。暫《しばら》くの辛抱ですよお。せっかくですから、お休みだと思ってのんびりしちゃってて下さい」

「そ、そんなふうには開き直るわけには――」

「大丈夫です、あたし達めちゃくちゃ頑張りますから！　あたし達に何かあったら、逆にリップルさんが悲しむっていう事も分かってます！」

ばしゃあんっ！　と勢いよくラフィニアが立ち上がる。

どうでもいいが、裸《はだか》が丸見えである。見ているこちらが恥《は》ずかしい。

「でもそれはそれとして――せっかくだからちょっとでも楽しく過ごせたらなって思います。もっとリップルさんと仲良くなりたいし……」

「ラフィニアちゃん――」

「だからちょっとだけ……元気出ませんか？」

「ん……そうだねー。ボクがあんまりへコんでると、皆もやり辛《づら》いかもだしね？　ありがとうラフィニアちゃん、迷惑《めいわく》かけるけどよろしくね？」

と、リップルが久しぶりに笑顔を見せる。

「はいっ！」

ラフィニアはとても嬉《うれ》しそうだ。

明るく素直で物怖《ものお》じしない活発な性格であるがゆえ、ラフィニアの事を鬱陶《うっとう》しく感じてしまう人もいるだろうが――

リップルやエリスは、そんなラフィニアの言動を受け入れてくれるようだ。

彼女を見守る立場からすると、ありがたい事だ。そして微笑《ほほえ》ましい。

「だけどラニ、体は隠そうね。はしたないよ？」

「いいの！　裸を見せ合う事は心を見せ合う事！　クリスも見せなさい！」

「ひゃっ⁉　ちょ、ちょっとやめてラニ――！　そんなデタラメで……！」

「いいのいいの！　ほらレオーネも！」

「わ、私はいいわよ二人でやって！」

「一人だけ逃《に》げ得は許さない……！」

「きゃー⁉　も、もうラフィニアっ！　そんな事してると、セオドア特使に幻滅《げんめつ》されるわ！　せっかくラフィニアの事を褒《ほ》めてくれてたのに……！」

「え……？　そ、そうかなあ――？」

「そうよ、慎《つつし》みがないって思われるわ」

「う、うーんじゃあやめとこうかな――」

「ダメッ！　ほら、好きなだけ見ても触《さわ》ってもいいから、ラニはそういう事考えちゃダメ……！」

そんな三人の様子を見て、リップルは目を細めていた。

「若い子って可愛《かわい》くていいなあ、楽しそうだね？」

「ですねえ。元気を貰《もら》えちゃいますねえ」

「あははっ、そういう感想が出るって事はミリエラも年取ったねえ？」

「う……！　色々と気苦労も多いものですから――いや、でもまだ気持ちは十代ですっ！」

「気持ちはね？　見た目は……大人になって綺麗《きれい》になったね？　ボクたちはずっと変わらないから、皆が成長して行くのはちょっと羨《うらや》ましいな――」

「……先程《さきほど》も言いましたが、私達に任せて少しお休みするつもりでいて下さいねえ。今の騎士《きし》アカデミーには、彼女達に勝るとも劣《おと》らない優秀《ゆうしゅう》な生徒が何人もいますから。近年稀《まれ》に見る充実《じゅうじつ》ぶりです！」

「それは素晴《すば》らしい。どこのどなたですか？　上級生ですか？　合同訓練の予定はありませんか？」

「わ……!?　イングリスちゃん、相変わらずこういう話には反応速いねえ」

「はい。より強くなるためには、より強い相手との戦いが必要ですので」

「だ、ダメですよおイングリスさん。今は状況《じょうきょう》が状況です。生徒同士の模擬戦《もぎせん》は禁止します。怪我《けが》なんてされては困りますからね」

「ええっ……⁉　そんな――」

「もうクリス、別にいいじゃない。魔石獣が現れるんだからそっちと戦いなさいよ」

「でもラニ、戦いは多ければ多いほどいいんだよ？　その方が絶対成長できるし――人生には限りがあるんだから、のんびりしてちゃダメなんだよ？」

「何を馬鹿な事言ってるのよ、そんな明日にでも死んじゃうみたいに――慌《あわ》てなくても先《せん》輩《ぱい》たちは逃げないでしょ？　我慢《がまん》しなさい」

「むう……」

ラフィニアは呆《あき》れているが、人生の終わりに際してもっとああしておけば、こうしておけば――という点が山ほど出て来るのは、イングリスには体験済みである。

だから徹底的《てっていてき》に突《つ》き詰めた方がいい。間違《まちが》いない。

「ははは――ほんっと凄い性格してるよねえ、イングリスちゃんは。黙《だま》ってるとすっごく可愛くておしとやかで、虫も殺さないって雰囲気《ふんいき》なのに――」

「恐《おそ》れ入ります。ありがとうございます」

「いや……それ褒めてないからね、クリス」

「だってかわいいって」

「そこだけ切り取る⁉」

「だって性格は変わらないし。前向きに考えた方がいいかなって」

「いやちょっとは変わって欲しいけど……」

「「うーん、無理かな」」

と、イングリスとラフィニアの台詞《せりふ》が完全に一致《いっち》した。

「……はあ、そうよね。だってクリスだし」

「そうだよ？」

「ほんと仲いいなあ、イングリスちゃんとラフィニアちゃんは。まあ、生徒同士の模擬戦がダメならボクが相手してもいいよ？」

「本当ですかありがとうございます！　では今すぐにでも！　どこで戦いますか⁉　ここででも、わたしは構いませんが！」

イングリスは期待に満《み》ち溢れた顔をして、ばしゃんと勢い良くお湯から立ち上がっていた。

「い、いや今すぐはダメだよ。ミリエラ達にちゃんと見て貰って、動いたりしてても大丈夫そうだったらね？」

「こらクリス、ちょっとは体を隠《かく》しなさい。恥ずかしいわよ！」

「……ふう、この子達といると飽《あ》きないわね——」

レオーネがため息交じりにそう呟《つぶや》いていた。

番外編　レオーネの引っ越し

王城に堕《お》ちる空飛ぶ船を食い止めた、翌日——

レオーネは寮《りょう》の部屋の引っ越しをしていた。

元々の部屋割りだった、リーゼロッテとの同室に戻《もど》った形だ。

「——よし、これで全部よ」

荷物を運び終えて、レオーネはふうと一息を吐《つ》く。

「改めて、よろしくお願いしますわ。しかし、あなたのお荷物は少ないですわね？」

と、リーゼロッテが首を捻《ひね》る。

「ええ。あまり持って来られる物はなかったから——」

レオーネの荷物は、大きめの旅行鞄《かばん》一つに入り切ってしまう程度しかない。

主に衣類や書物の類で、家から持って来た物は殆どなかった。

大きな貴族の家である程《ほど》そうだろうが、思い出深いもの、重要なものであればある程、家の家紋《かもん》が刻印されている事が多い。

今のオルファー家は、裏切り者の家として後ろ指をさされる状況だ。

だからそういう品を持って来るのは憚《はばか》られる。殆ど処分してしまっていた。

「リーゼロッテは沢山《たくさん》持ち込んでいるわね……ははは」

部屋内の家具の全てが、アールシア家の家紋入りの家具に置《お》き換《か》えられているのだ。

元々あったはずの備品の家具はどこへ行ったのだろう。

「元々の部屋は少々質素過ぎて、華《はな》やかさに欠けていましたからね。校長先生からも許可を得ていますし、模《も》様替《ようが》えをさせて頂きました」

との言葉通り、元の質素な部屋は見る影《かげ》もなく、豪華《ごうか》な装飾《そうしょく》でキラキラしている。

とても学生寮《がくせいりょう》の一室とは思えない。

「レオーネはそちらの洋服箪笥《だんす》と机をお使い下さいな。わたくしの家のもので済みませんが」

「え、ええ。使わせてもらうわ、どうもありがとう」

どちらも純白に塗《ぬ》られ、金の装飾が施《ほどこ》されている。

アールシア家の家紋も誇らしげに。

堂々と家を誇る事ができるのは、レオーネから見ると少々羨ましい。

そう思いながら、持って来た衣類を箪笥に仕舞《しま》って行く。

「お手伝いしますわ。早く終わらせて、お茶にいたしましょう」

寮の部屋なのに、高そうな白磁のティーセットも完備されているのだ。

「え？　手伝いなんていいのに」

「いいのですわ。どんなお洋服をお持ちになっているのか、気になりますしね」

「そんな面白《おもしろ》いものなんてないわよ？」

「いいえ面白いですわ――レオーネの服は、胸元《むなもと》が大きく開いているものばかりです。ちょっと着るのが恥ずかしいですわ、意外と大胆《だいたん》ですのね……性格は真面目そうですのに」

「ち、違うのよ。逆にそういう服じゃないと、きつくて着られないのよ――」

普通《ふつう》の服は、レオーネに合わせて作られているわけではない。

その殆どは、胸がきつくて入らない。

だから他に選択肢《せんたくし》がなく、胸元が大きく開いているものに偏《かたよ》りがちである。

同じ悩《なや》みをイングリスなら分かってくれるだろう。

「なるほど。そういう悩みもありますのね。単にあまり羞恥心《しゅうちしん》がないわけでは……」

「ないない！　違うわよ！」

などと話しながら、衣類や書物の収納を終え――

「うん。終わったわ、手伝ってくれてありがとう」

レオーネは一息つき、机の椅子《いす》に腰《こし》かけた。

「これを忘れていますわよ？」

コトン。リーゼロッテは、レオーネの机に小さな額縁《がくぶち》を置く。

それは、レオン、レオーネのオルファー家の家族を描《えが》いた、卓上用《たくじょう》の肖像《しょうぞう》だ。

両親と、レオン、レオーネが並んでいる。まだ幸せだった頃の家族の姿である。

レオーネの鞄に入っていたが、気が引けて出す事ができなかったのだ。

「あ。で、でも……」

「構いませんわ。わたくししか見ていませんからね」

「ありがとう――」

リーゼロッテの心遣《こころづか》いが心に染《し》みる。

うまくやって行けるか少し不安だったが、きっと大丈夫《だいじょうぶ》。そう思えた。

「では、お茶にいたしましょう」

「私も手伝うわ」

リーゼロッテは箱《はこ》入《い》り娘《むすめ》らしく、お茶を淹《い》れる手つきもおぼつかない。

レオーネが手伝いながらで丁度良かった。

「手慣れていますのね？」

「ええ。家事は一通りできるようになったから」

レオンが血鉄鎖旅団に降り、人が離《はな》れて行く中で、レオーネは一人で生活せざるを得なくなっていた。必然的に、色々とできるようになって行ったのだ。

用意を終え、腰を落ち着けてお茶を一口。

「……おいしい。いいお茶ね、これ」

「ええ。お気に召したようで何よりですわ」

イングリスやラフィニア達と賑《にぎ》やかにしているのもいいが、こんな優雅《ゆうが》な一時もいい。

「お聞きするのは無礼かもしれませんが――どうして、地位も名誉《めいよ》もある聖騎士様が国を裏切って血鉄鎖旅団などに？　わたくしには理解できませんわ」

リーゼロッテは、オルファー家の肖像に目をやりながら言う。

「……私にも分からないの。イングリス達の話では、天上人《ハイランダー》の無法な振《ふ》る舞《ま》いに愛想《あいそ》が尽《つ》きたって言ってたって――」

「……確かに天上人《ハイランダー》は横暴な方が多いとは聞きますが――」

「ええ。沢山そういう場面を目にして、我慢し切れなくなったんだと思う――」

「……お優《やさ》しい方だったと？」

「……弱いだけなのかもしれないわ。だってラファエル様だってお優しいし、レオンお兄様と同じものを見てきたはずなのに、聖騎士の務めを果たされているもの」

「……」

「前にイングリスが言っていたわ。聖騎士と天恵武姫《ハイラル・メナス》は、この国と人々を護《まも》るべき使命を負った最後の希望――それが天上人《ハイランダー》の所業には目を瞑《つぶ》らざるを得ないのは、使命と矛盾《むじゅん》しているって――それを見過ごせない事が、弱さと言い切れるのか……強さとも捉《とら》えられるって」

矛盾した使命に耐《た》え兼《か》ねた弱さとも言えるし、悪いものを悪いと声を上げて抗《あらが》える強さとも言える。

「そうですか――そうですわね……」

「……私は弱さだと思う。だから、私は騎士になってお兄様を止めるわ。私の手でそうしないと、オルファー家の汚名は消えないから。そのためにここに来たの」

「賛成しますわ。使命は使命として、果たすべきですわ。わたくしもできるだけの協力をさせて頂きますわね」

「ありがとう……！」

「ところで先程の話、イングリスさんは弱さか強さかどちらだと？」

「……興味がないからどっちでもいいって」

イングリス曰《いわ》く主義主張と戦闘《せんとう》能力の高さは関係ない、らしい。

強《し》いて言うならどちらだと思う、と食い下がると、「ラニに任せる」と言っていた。

「……へ、変な人ですわね――」

「ま、まあいい子なんだけどね……」

「それはまあ、そうですが――とてもお綺麗ですしね」

「ええ。あんなに可愛いのに、あの子本当に戦う事にしか興味ないのよ」

それ以外の事は、分かった上であえて無視しているように見える。

ある意味清々《すがすが》しくて憎《にく》めないところではある。

「あの――ところでリーゼロッテ。早速《さっそく》一つお願いがあるんだけれど……」

「？　ええ、何でしょう？」

「夜中、ちょっと騒《さわ》がしいかも知れないけど……何も気づかなかった事にして欲しいの」

レオーネはリーゼロッテにそうお願いをした。

◆◇◆

満天の星空の下、王都の街並みは静かな眠《ねむ》りに就《つ》いている。

レオーネは一際《ひときわ》背の高い商家の屋根の上に立ち、辺りを見回していた。

「……これが先程のお願いの理由ですのね。無断外出は校則違反《いはん》ですわよ？」

と言いながら付いて来るのだから、リーゼロッテも同罪になってしまう。

「リーゼロッテ。何もあなたまで付いて来なくても――」

「ですが、わたくしが手を貸した方が抜《ぬ》け出《だ》しやすかったでしょう？」

リーゼロッテの魔印武具《アーティファクト》の奇蹟《ギフト》は、純白の羽を生み出して得る飛行能力だ。

彼女が空からアカデミーの外に連れ出してくれたおかげで、簡単に外に出て来る事ができた。

「ええまあ、それは助かったけれど――」

「出て来てどうなさるおつもりなのです？」

「イングリス達がレオンお兄様を街で見かけたらしいから――もしかしたら、まだ潜伏《せんぷく》しているかも知れないでしょう？　お兄様じゃなくても、血鉄鎖旅団の構成員が何かしているかも知れないし――だから捜そうと思って」

先日の事件では、血鉄鎖旅団は特使ミュンテーに虹の粉薬《プリズムパウダー》を盛って見せたし、現場を襲《しゅう》撃《げき》しても見せた。

この王都のどこかに、関係者が潜《ひそ》んでいるのは間違いないだろう。

それがレオンでなくとも、その手掛《てが》かりにはなる。

「この広い街の中でですの？　雲を掴《つか》むような話では――？」

「いいのよ。今の私にできる事をしたいし、屋根の上を駆《か》け回《まわ》っているといい訓練にもなるでしょう？」

「まだ訓練がしたいのですか？　日中散々していますのに」

「そこはイングリスを見習わないと。あの子、暇《ひま》があったらずっと訓練してるわよ。私は聖騎士であるレオンお兄様を止めるんだから、もっともっと強くならなくちゃいけない。これは一石二鳥と考えないと、さぁ行くわ！」

レオーネは今いる屋根から別の屋根へと、身軽に飛び移る。

「ではせっかくですから、お付き合いしましょうか！」

リーゼロッテも奇蹟《ギフト》を使わず、自分の足でレオーネを追う。

こうして、訓練を兼ねて夜の街を巡《めぐ》る日々が始まった。

毎回ではないが、ちょくちょくリーゼロッテも同行してくれた。

そんなある日の事。

「……今日は何かあるかも知れないわね――」

訓練後の、夜中――レオーネは窓の外を見て表情を引き締《し》めていた。

雨の音がする。そして空に漂《ただよ》う雨雲は、仄《ほの》かに輝《かがや》いている。

降っているのだ。虹の雨《プリズムフロウ》が――

「レオーネ、ひょっとして行くのですか？　虹の雨《プリズムフロウ》は人間に効果がないとはいえ、浴びるのは避《さ》けた方がよろしいのでは？」

「騎士になればそうは言っていられないわ。虹の雨《プリズムフロウ》が降っている時が一番危険なんだから、騎士は外に出て他《ほか》の人を守る事になるのよ」

「……それは、そうですわね。いい予行演習ですか」

「ええ。行きましょう！」

二人は虹の雨《プリズムフロウ》の降る中を、リーゼロッテの奇蹟《ギフト》で空から街中に出た。

こうするのが、一番広範囲《こうはんい》を見渡《みわた》せる。

すでに騎士団《きしだん》の騎士達《きしたち》が多数街中に展開し、警戒《けいかい》に当たっている。

魔石獣《ませきじゅう》が現れたら、即応《そくおう》する構えである。

「こんなに騎士団が多いなら、血鉄鎖旅団は隠れて出てこないかも知れないわね――」

「どうします？　戻りますか？」

「いいえ、あそこ……！　魔石獣が現れたけど、まだ誰も向かっていないわ！」

犬型の魔石獣が、何体か出現しているる。野犬が魔石獣化したのだろうか。

そこは王都の街の外周部。粗末《そまつ》な家の多い、いわゆるスラムだ。

騎士団の手が一番回りにくい場所かも知れない。

「では、向かいますわね！」

「ええ！」

リーゼロッテが全速で飛ばし、あっという間に魔石獣達の頭上に到達《とうたつ》した。

「降りるわ！」

レオーネはリーゼロッテの手を放し、飛び降りた。

空中で大剣《けん》を構え、下に突《つ》き立《た》てるような姿勢を取る。

本来使っていたレオーネの黒い剣の上級魔印武具《アーティファクト》は、先日の事件で壊《こわ》れてしまった。

だから今は、ミリエラ校長から貸して貰った中級の魔印武具《アーティファクト》を使っている。刀身は黒ではなく、薄《うす》い水色に輝いていた。

普段《ふだん》よりは威力《いりょく》は劣るが、それでも落下の勢いを乗せれば――！

だがレオーネが刃《は》を魔石獣に突き立てる前に――

魔石獣の巨体《きょたい》が、ぐにゃりとひしゃげるようにして歪《ゆが》んだ。

ドゴオオォォォンッ！

轟音《ごうおん》と共に、物凄《ものすご》い勢いで魔石獣が吹《ふ》き飛《と》ぶ。

レオーネの剣は標的を失い、代わりにその場に飛び込んできた人影《ひとかげ》に――

それは、宵闇《よいやみ》の中でも美しい、月の輝きのような長い髪《かみ》の……

「イングリス!? あ、危ないわよーーっ!?」

バシイィィッ！

イングリスは頭上からのレオーネの突きを、両手で白刃《しらは》取りをして組み止めた。

「あ、レオーネ。奇遇《きぐう》だね」

何事もなかったかのように、にこりとして見せる。

「い、イングリス……ほ、本当にメチャクチャよね――」

レオーネの全体重と、落下の勢いの乗った突きをあっさり止めてしまうのだ。

悔《くや》しい気もするが、この強さはいいお手本でもある。

「そう？」

「そうよ。で、魔石獣と戦いに来たの？」

「うん。貴重な実戦の機会だし。虹の雨《プリズムフロウ》が降ってるのに、じっとしてられないよね」

イングリスの目は楽しそうに輝いていた。

「クリスーーーー！　もう、一人で先に行っちゃうんだから！」

「あ、ラニ。ここだよ」

「賑やかになって来ましたわね！　ですがまだまだ魔石獣はいますわよ！」

「イングリス、ラフィニア、リーゼロッテ！　みんなで手分けして行きましょう！」

そう呼びかけながら、レオーネはこう感じていた。

一人きりで戦っていたアールメンの街よりも、なんて頼《たの》もしいのだろう、と。

ここに三人も、自分の事を分かってくれる友達がいるのだ。

「うん」

「おっけー！」

「分かりましたわ！」

三人の返事を聞き、レオーネは手近な魔石獣へと刃を向ける。

「まずあいつは私が――――！」

犬型の魔石獣に全力で踏《ふ》み込み、下から喉元《のどもと》を突き上《あ》げた。

ズシャアアァッ！

レオーネの大剣の刃が、魔石獣の首に突き刺《さ》さり、勢いそのまま突き抜けた。

「まだまだっ！」

力任せに刃を横に振り抜いて、完全に魔石獣の首を切断した。

「やるね、レオーネ」

「中級魔印武具《アーティファクト》でも、腕《うで》が良ければね！」

「いい太刀筋《たちすじ》ですわ！」

皆《みな》がレオーネに声をかけながら、散開して行った。

再び思う——騎士アカデミーに入って良かった。

この娘達と一緒《いっしょ》なら、もっと強くなれる。

レオンを止める事ができる位に——きっと！

その日の夜はレオーネ達の活躍《かつやく》もあり、虹の雨《プリズムフロウ》の被害は最小限に食い止められたそうだ。

ただし、校則を破って外に出ていたのも校長にバレて、お小言《こごと》を頂く羽目になったが。

あとがき

まずは本書をお手に取って頂き、誠にありがとうございます。

英雄王、武を極めるため転生す～そして、世界最強の見習い騎士♀～の第二巻となります。いかがでしたでしょうか？　楽しんで頂けましたら幸いです。

すでにくろむら基人《もと》様によりますコミカライズのほうもスタートして頂いていますが、皆さんご覧になって頂けましたでしょうか？

まだの方は是非見て頂きたいです。凄くクオリティが高いので、超オススメします。

一話初見の感想は「漫画のほうが面白いやんけ。。」だったんですが、その後何話分か見せて頂いて、やっぱり感想は「漫画のほうが面白いやんけ。。」だったりします。

視覚的に圧倒的に分かりやすいのがいいですよね。キャラも可愛いですし。

今作において主人公が美少女化しているのは「この思考、性格、行動の主人公は可愛げのある美少女じゃないと許されない」と考えてのことで、当初はビジュアルをそこまで意識していませんでした。

ですが、コミカライズ映えするという大きなメリットもありましたね。

漫画にすると映えると思って頂いたから、書籍とコミカライズをほぼ同時スタートして頂けたのだと思いますし。

その方がコンテンツの寿命が長くなりそうですし。

今後新しい作品を書く時は、コミカライズ映えを逆算してやってみたいですね。

話が脱線しましたが、小説もコミカライズ版に負けないよう頑張りたいと思います。

お互いにいい影響を与え合い、相乗効果で個人的最長シリーズ巻数を目指したい！

という事でこれまでの最長は六巻までなので、目指せ七巻！　ですね。

頑張っていきますので、どうぞよろしくお願いします。

それでは最後に担当編集N様、イラスト担当頂いておりますNagu様、並びに関係各位の皆さま、多大なるご尽力《じんりょく》をありがとうございます。

それでは、この辺でお別れさせて頂きます。

次巻予告
転生美少女イングリス
天恵武姫リップルの
護衛に就任!
魔石獣の転送媒介とされてしまったリップルを
事態解決まで保護すべく
学院で新たな生活を始めるイングリスたち。

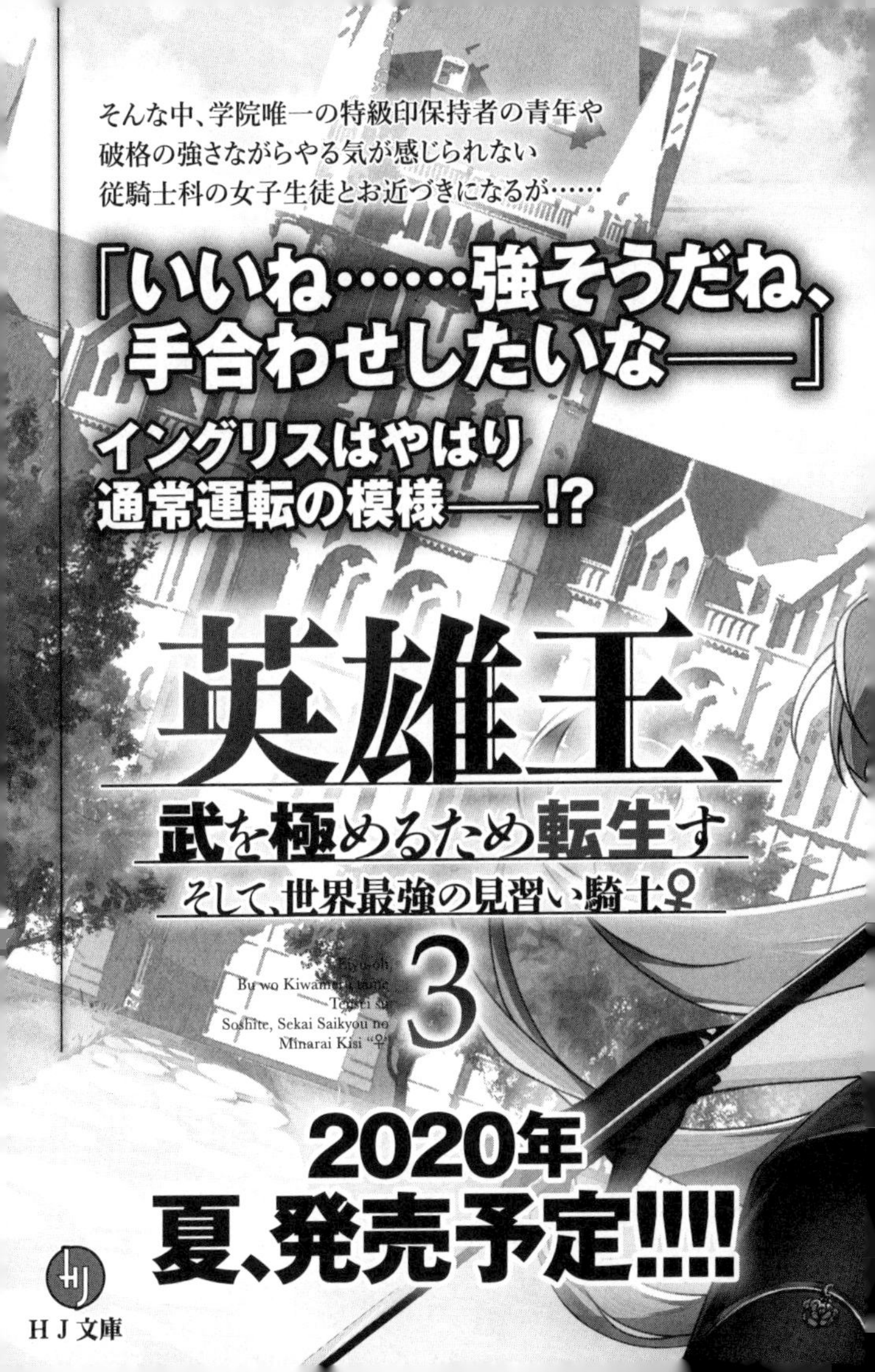
そんな中、学院唯一の特級印保持者の青年や
破格の強さながらやる気が感じられない
従騎士科の女子生徒とお近づきになるが……
「いいね……強そうだね、
手合わせしたいな――」
イングリスはやはり
通常運転の模様――!?
英雄王、
武を極めるため転生す
そして、世界最強の見習い騎士♀
3
Soshite, Sekai Saikyou no
Minarai Kisi “♀”
2020年
夏、発売予定!!!!
HJ文庫

HJ文庫 http://www.hobbyjapan.co.jp/hjbunko/
870

英雄王、武を極めるため転生す ～そして、世界最強の見習い騎士♀～ 2

2020年3月1日　初版発行

著者――ハヤケン

発行者―松下大介
発行所―株式会社ホビージャパン

〒151-0053
東京都渋谷区代々木2−15−8
電話　03(5304)7604（編集）
　　　03(5304)9112（営業）

印刷所――大日本印刷株式会社

装丁――BELL'S GRAPHICS／株式会社エストール

ISBN978-4-7986-2147-0　C0193